揉んでも 抱けない

◆◆◆

橘 真児
Shinji Tachibana

紅 beni 紅文庫

目次

装幀　内田美由紀

第一章　アイドル絶頂！

1

「右カーブ、左カーブ、真ん中通るは中央線、応援団がチャッチャッチャッチャッ……」

猥歌《わいか》と家電店のCMソングをごっちゃにしたものを口ずさみながら、光円寺満也《こうえんじみつや》はベッドの中で、寝起きの気怠いひとときを過ごしていた。

明け方までネットのエロサイト探索に興じ、昼夜逆転で惰眠を貪っていたから、時刻は午後三時を回っている。本当はもっと眠っていたかったが、空腹のせいで目が覚めてしまった。

けれど、起きるのがかったるいし、ここには何も食べ物がない。コンビニに行くか外食をするか、どっちにしろ銀行にいかないとお金もない。ああ、面倒くさいとベッドの中でグズグズしているという、ダメ人間の典型であった。

外で踏切の警報機が鳴っている。続いて電車が通り過ぎる音も。

ここは東京都酷分寺市恋ヶ壷《とうきょうとこくぶんじしこいがつぼ》。私鉄の恋ヶ壷駅からは徒歩一分の距離にある。恋ヶ壷駅から主要駅の酷分寺駅までは一駅であり、中央線に乗り継げば都心にも出られるという、交通の便のいいところだ。

しかしながら、住んでいるのが出不精の怠け者では、どんなに便利な場所だろうが関係ない。猫に小判、豚に真珠、月に行ったスッポンだ。

ここらは文教地区の住宅街であり、建物の高さや店舗などにも制限がある。パチンコ店も派手なネオンサインは御法度《ごはっと》で、入り口を閉め切って中が見えず、音も漏れないようになっている。おかげで何の建物なのか、パッと見ではわからない。

かように品位の保たれた街であり、最も品がないのは政治家や政党のポスターぐらいだろう。とは言え、住んでいる人間もすべて品性あふれる者たちとは限らない。

何しろ、こういうダメ人間が、ベッドから出られずぐうたらしているのだから。

満也の住まいは、表向きは診療を停止した医院という外観の、古くてみすぼらしい建物だ。穴があいて文字の薄れた看板に、かろうじて「こうえんじ鍼灸整骨院《しんきゅうせいこついん》」という文字が見て取れる。

ここはかつて満也の祖父、光円寺光吉《みつよし》が開業していた。彼は昨年引退し、現在は凍京の西の奥で農業をしながら、悠々自適《ゆうゆうじてき》の生活を送っている。

満也は、その祖父の跡を継いだのだ。

しかしながら、彼は現在三流以下の、二東三文大学の四年生で、しかも前期の終了を待たずして留年が確定済みという体たらく。学部もツブシが効かない文学部だから、資格どころか医療や整体整骨の知識も皆無だ。

だが、祖父の光吉は孫の才能を見抜き、あえてここを譲ったのである。

光吉は腕のたつ整体師だった。鍼《はり》、灸、按摩に指圧と、様々な資格を持っているのはもちろんのこと、マッサージとテーピングの技術が特に優れていた。

かつてはプロスポーツやオリンピックの有名選手が何人も、膝が痛い背中が痛いと訴えてはここを訪れた。そして、立つことさえままならなかったような連中が、光吉の施術でたちどころに快復した。

それも元通りになるのではない。元以上にからだの調子がぐんと上向いて、成績も記録も爆発的にのびたのだ。これは薬を使わないドーピングだとまで言われた。

そんな光吉であったから、年俸億単位という破格の条件で、某球団から専属トレーナーにならないかと持ちかけられたこともある。しかし、それを断って、彼はここで整体師を続けた。

優れた腕を、彼は決して大々的に宣伝しなかった。評判はほとんど口コミで伝わったのだが、全国津々浦々より患者が訪れた。北はシベリアから、南はブラジルまでというほどに、世界規模で支持された。

だから、光吉が引退したとき、全国から惜しむ声が続々と届いたのである。

そんな祖父に認められたのだから、満也の腕が確かなのは間違いない。しかし、医院を譲られても正式に開業できなかったのは、無資格のモグリだったからだ。ヘタに目立つことをしたら、手が後ろに回ることになる。

そのため、満也の施術を希望する者たちは、ある特別な方法を用いて彼に連絡をとるしかなかったのだ。

(さて、そろそろ起きるかな)

空腹に耐え切れず、満也はベッドから出ようとした。けれど、室内を見回し、憂鬱《ゆううつ》な気分になる。

(だいぶ汚れちゃったな……こんなところを見られたら、また成海《なるみ》さんに怒られるぞ)

そこはもともと、というか、今も診察室として使われるところだ。寝ているベッドも施術用の高さのあるものだし、祖父が使っていたデスクや椅子、薬品棚の他、医療器具もそのまま残っている。

満也はそこを根城というか寝城にして、パソコンや本、衣類などの日用品も持ち込んでいた。それらのものが散乱し、さらにレジ袋に入ったゴミもあちこちに転がって、足の踏み場もない状態だ。

片づけないと患者が来たときにドン引きされるのはもちろんのこと、あのひとにこっぴどく叱《しか》られてしまう。何とかしなくちゃと思うものの、掃除の手間を考えると億劫になってしまうのだ。

さて、どうすべきかと満也が考えていたとき、玄関の開く音がした。続いて、やけに荒々しい足音も。

バタン――!!

診察室のドアが勢いよく開けられるなり、

「あー、やっぱりまだ寝てたのね！　この薄汚いゴキブリ野郎がッ!!」

手酷《てひど》い罵声を浴びせてきたのは、二十代後半と思しき女性――西荻《にしおぎ》成海だ。

「ななな、何だよ。ノックぐらい――」

満也の言葉にも耳を貸さず、彼女は怒り心頭の表情でツカツカと歩み寄り、いきなり掛布団をバサッと剥ぎ取った。

「え――!?」

その瞬間、ふたりとも動きが停止する。

寝る前までエロサイトを探索していたということは、つまりネット上に転がっている画像や動画にむひょーと昂奮し、自家発電をしていたわけである。そうして射精疲れで睡魔に襲われ、ベッドに入ったものだから、満也は下半身すっぽんぽん。たんまり欲望液を放ったはずの分身も、寝起きの生理現象で膨張し、天井目がけて聳《そび》え立っていた。

それをまともに見せつけられ、成海が目も眉も急角度に吊り上げる。

「こ、この――ド変態がッ！」

彼女は床に転がっていたコーラのペットボトル（二リットル中身半分入り）を拾いあげると、満也の顔目がけてぶん投げた。

「うわっ!!」

目から火花が飛び出そうな衝撃を額に受ける。満也は真後ろにひっくり返り、その勢いのままベッドから転げ落ちた。

「まったく……悪いのはおれじゃなくって、勝手に入ってきた成海さんじゃないか」

ブツブツつぶやきながらズボンを穿《は》く満也をガン無視して、成海は手際よくデスクのパソコンを操作する。椅子の上にもゴミの袋がのっかっていたものだから坐らずに、前屈みでジーンズのヒップをこちらに突き出していた。

「また動きが悪くなってる。どうせエロサイトばっかり見て、ウイルスでももらってるんでしょ」

彼女は勝手知ったるとばかりに秘密のフォルダを探り当て、せっかく溜め込んだエロ画像やエロ動画を次々と削除した。

「あああ、それは――」

悲痛な声をあげる満也を、成海はチラッと振り返っただけでまたシカトし、黙々と作業を続ける。お気に入りサイトのブックマークも、残さず消してしまった。

（ったく、どうしてここまでプライベートを監視されなくっちゃいけないんだよ）

満也は心の中で不満を述べた。声に出さなかったのは、

『わたしは光吉先生から頼まれているの。あんたがしっかり職務をまっとうするよう、見張ってくれってね』

そう言い返されることがわかっていたからだ。

成海は光吉の弟子であり、何年か助手を務めていた。尊敬する先生のため、先生の名前を汚さないため、こうして跡継ぎの面倒を見ているのである。

と、言えば聞こえはいいが、どうも後継者に自分が選ばれなかったことを根に持っているようなのだ。だから見張っているという名目で、単に嫌がらせをしているので

はないか。満也は密かに勘繰《かんぐ》っていた。

成海自身も腕のいい整体師だ。現在は他の整骨院に勤務し、ここにはたまにやって来るのだが、勤め先の医院でも多くの固定客を持っていると聞く。にもかかわらず、こんなだらしのない、無資格モグリの、一介の学生に過ぎない満也に勝てないことが、たまらなく悔しいのは想像に難くない。

「で、掲示板はチェックしたの？」

成海が振り返りもせず、イライラした口調で問いかける。

「い、いえ、まだ……」

「ったく、エロサイト見てるヒマがあったら、ちゃんとそっちも確認しなさいよ。このオナニー狂いの童貞野郎が」

この罵倒には、さすがに満也もムッとした。オナニー狂いはともかく、実際に童貞だったものだからカチンと来たのだ。

（ふん、悪かったな。だったら成海さんがヤラせてくれればいいじゃないか）

これまた口に出せないから、胸の中で言い返す。

たしかにデリカシーに欠けるし、気が強いし、横暴だし、さんざん馬鹿にされているけれど、成海が女性として魅力的なのは確かなのだ。

キリッとして整った顔だちや、今どき染色もパーマもしていない自然のままの黒髪は、生真面目《きまじめ》で野暮ったい印象を与えるかもしれない。だが、本当の歳は教えてくれないけれど、おそらく二十代後半と思われる彼女は、けっこう色気がある。

ジーンズに包まれたヒップは、後ろにも横にも丸く張り出し、むっちりしておいしそう。これで顔に乗られてみたいという熱望が、自然と湧いてくる。太腿《ふともも》も布がパツパツで、実に充実した下半身をしていた。

さらに、からだにぴったりしたシャツの胸もとは、おっぱいがロケット状に盛りあがる。キュッと細くなったウエストと相まって、極上のプロポーションを見せつけるのだ。

そんな彼女を背後から見つめながら、満也は牡《おす》の獣欲を滾《たぎ》らせていた。すぐにでも襲いかかりたいところだが、ぐっと堪える。

何しろ成海は武道の心得があり、ヘタに手を出したらこちらが大変な目に遭うのだ。どんなに罵《ののし》られようが反抗できないのは、正直彼女が怖いせいもあった。

（だから爺ちゃんは、成海さんに任せたんだろうな……）

ぐうたらな孫を矯正させるには、実力行使しかないと踏んだのだろう。

（まあ、成海さんがいるから、おれがやっていけてるのは間違いないけど）

面倒なことが嫌いな満也は、依頼者との交渉も彼女にやってもらっていた。そのおかげで、高額の報酬が得られるのである。

「ほら、掲示板に書き込みがあるじゃない」

成海が不機嫌そうに言う。

施術や治療の依頼は、ネットのパスワード付き掲示板で受け付けていた。パスワードを知らないと書き込めないし、書き込んだものは管理人以外読めない。

そして、依頼を受ける場合のみ、こちらから連絡するのだ。そうやってすべては秘密裏に行われていた。無資格治療を知られないために。

「ちょっと、ＫＢＧ49のメンバーから依頼がきてるわよ！」

成海が振り返り、驚きをあらわにして言った。

2

《ＫＢＧ49》
ここ酷分寺を拠点に活躍する美少女アイドルグループ。ＫＢＧはもちろん酷分寺のことであり、メンバーは七人の小グループが七組集まって合計四十九名。間もなく全国レベルでブレイク予定――。

彼女たちについて、満也もその程度のことは知っていた。ただ、基本ローカルアイドルという認識だったので、まったく注目していなかったのだ。

（だいたい、酷分寺ならＫＢＧじゃなくて、ＫＢＪだろうに）

おそらく命名者が間違えたのだろう。ＫＢＧなんて旧ソ連のスパイ組織みたいだと、内心馬鹿にしていたぐらいである。

そのため、成海が驚きをあらわにしたのにも、

「だから何？」

と、訊き返してしまった。

「何ってなによ!?　あのＫＢＧ49なのよ」

「あんなの、ただのローカルアイドルじゃないか」

「あきれた。あんた何も知らないのね。エロサイトばっかり見て、脳が腐ってるんじゃないの!?　ちょっとは世間の動向も気にしなさいよ！」

罵られ、またムッとする。

「いい？　ＫＢＧ49っていうのはね――」

成海が事細かに説明するのを、満也は股間をボリボリと掻《か》きながら拝聴した。

成海の話では、ＫＢＧ49はブレイク予定どころか、今や完全にブレイク中とのこと。子供からお年寄りまで幅広いファンを持つ、スーパーグループになっているらしい。昨年の年末歌合戦にも出演し、ＣＤが売れないこのご時世に、出す曲すべてがミリオンセラーを記録。それぞれの小グループでもヒットを連発しており、歌番組だけでなくバラエティにグラビア、映画にドラマと、あちこちのメディアに引っ張りだことか——。

熱に浮かされたように結成秘話からディスコグラフィー、お気に入りのメンバーの名前やスリーサイズまで滔々《とうとう》と述べる成海に、満也はあきれながらも違和感を覚えた。

（成海さんって、こんなにアイドル好きだったっけ？）

これまでそんな素振りを示したことは、一度もなかったと思うのだが。

そのとき、ＫＢＧ49は、メンバーを酷分寺在住もしくは勤め先があるなど、市の関係者にのみ限定していることを思い出し、もしやと思う。

「ひょっとして成海さん、ＫＢＧ49のメンバーに応募したことがあるの？」

この問いかけに、それまで嬉々として喋っていた成海が、怯《おび》えたように口をつぐむ。

おまけに、頬がみるみる赤くなったのだ。

（図星かよ……）

当初のコンセプトが地域密着型アイドルということで、メンバー募集も特に年齢制限を設けていなかったはず。しかし、だからといって二十代後半のいい大人が、ミニスカートをヒラヒラさせて踊るアイドルの一員になりたいとはいかがなものか。

やれやれという顔をした満也に、成海はうろたえ気味に「ううう、うるさいッ！」と怒鳴った。

「そ、そんなこと、どうだっていいでしょ!!　あんたには関係ないじゃない。だいたい、どうしてさっきから股間ばっかりいじってるのよ。まだオナニーし足りないの!?」

「違うってば、痒《かゆ》いんだよ。もう五日ぐらい風呂に入ってないから」

答えるなり、成海が鬼の形相になる。

「――と、とっとと風呂場行って、汚いチンポコ洗ってこい。このバイキン野郎！」

彼女のぶん投げたパソコンのキーボードが顔面を直撃し、満也はまたも「うわっ!!」と悲鳴をあげてひっくり返った。

二日後、「こうえんじ鍼灸整骨院」に、美少女が来院した。

横田優香《よこたゆか》、十九歳。愛称は「ゆっち」。ＫＢＧ49の一員で、結成時からフロントに立ち続けるグループの牽引役。歌もルックスも人気も、メンバー内で一、二位を争うトップの中のトップ。喩えるなら球界のナンバーワンチームに所属するホームランバッターである。

――と、成海の思い入れたっぷりの説明を適当に聞き流し、満也は三つ年下の少女を診察室で迎えた。

（へえ。トップアイドルだけあって、なかなか可愛いじゃないか）

極秘の来院だから、着ているものは当然ステージ衣装ではない。横縞《よこじま》のシャツにパーカーを羽織り、ボトムはショートパンツに素脚を隠すダイヤ柄のタイツ。ごくありきたりな私服だ。髪型も特にセットしておらず、メイクも素っぴんに近い薄さ。それでもひと目を惹《ひ》く愛らしさがあり、芸能人のオーラも感じられた。

優香を案内してきた成海は、アイドル少女のすぐ横でうっとりした顔つきだ。憧れと羨望《せんぼう》の眼差しをビームのごとく送っている。これが犬だったら尻尾を振りまくり、キャンキャン鳴いているところだろう。

今回、憧れのアイドルを迎えるにあたり、成海の努力は並大抵のものではなかった。二日前とは雲泥の差というぐらいに診察室がピカピカになっているのも、失礼があってはいけないと彼女が掃除したからである。それはもう、塵《ちり》も埃《ほこり》も完全に除去し、ウイルスも殲滅《せんめつ》させるぐらいの徹底ぶりで。

さらに満也も浴室に叩き込まれ、シャンプーやらボディソープやらで泡まみれにされた。最後には消毒液を原液でぶっかけられ、危うく失明するところであった。真新しい白衣も着せられてようやく、優香の前に出ることを許されたのである。

しかしながら、建物の外観や古さまではどうすることもできない。おそらく、アイドル少女も中に入る前からドン引きしたのではないか。今もありありと不審を浮かべ、

「初めまして。私が院長の光円寺です」

と、満也が恭《うやうや》しく挨拶をしたのにも、「はあ」と戸惑いをあらわにうなずいただけであった。

「ゆっち――優香さんは、現在全国ツアーの真っ最中でお忙しい中、今回はどうしても施術をお願いしたいということで、わざわざいらしてくださったんですよね」

太鼓持ちさながらにヨイショする成海にも、優香は「ええ、まあ」とあまり気が乗らない様子だ。すごい先生だという噂を聞いてお願いしたけれど、そう年も変わらないような若い男に何ができるのかという疑惑の念が、表情にありありと浮かんでいる。

そういう反応をされるのは、満也は慣れっこだった。そして、一度施術を受けたが最後、そのすごさに目を丸くした患者に尊敬されるというのがいつものパターン。この少女もそうなるに違いない。

もっとも、それ以外の邪悪な物思いも胸の内に渦巻いていたのだが。

（ふっふっふ。こんな可愛い女の子にさわれるのか。役得役得）

童貞の身でも、仕事となれば大威張りで女体に触れることができる。高い報酬より何より、これが愉《たの》しみで祖父の仕事を引き継いだようなものだ。

「では、さっそく始めましょう。服を脱いで、こちらのベッドに上がってください」

ぐふふと笑いがこぼれそうになるのを必死で抑え、優香に指示をする。彼女は顔をしかめたものの、仕方ないかとため息をつき、羽織ったパーカーを肩からはずした。

（おおっ！）

思わず満也が目を見開くと、成海がついと歩み寄ってきて耳打ちする。

「ゆっちに妙なことしたら殺すからね」

ドスのきいたその声に、ふくらみかけていたペニスがたちまち縮こまった。

まだKBG49がローカルアイドルで、小さな劇場を拠点に活動していた頃、とにかくお客を呼ばなきゃ話にならないということで、かなり派手なステージを展開していたと聞いたことがある。それこそ、パンチラなどは当たり前。衣装もかなりキワドイものが多かったとか。

そういう場数を踏んでいるからか、優香の脱ぎっぷりは見事であった。少しも恥ずかしがることなくブラとパンティだけになり、施術用ベッドに横たわる。これは満也を大いに落胆させた。

（なんだ、つまんないなあ）

彼としては、少女が羞恥《しゅうち》にまみれて顔を真っ赤にし、今にも泣きそうになりながら一枚一枚脱ぐところが見たかったのだ。これでは興醒めである。

（アイドルなんて、テレビとかじゃ可愛い子ぶってるけど、みんなこんなもんなのかな）

まあ、プロ意識があると言えばそうなのだが。

もっとも、下着姿の少女を前に、まったく何も感じなかったわけではない。

（やっぱり可愛い子は下着も可愛いな）

上下お揃いのそれは、ピンク地に黒の水玉で、レース飾りもたんまり。それでいて面積が小さい。今は仰向《あおむ》けだから見えないけれど、脱ぐときにチラッと確認したら、おしりのほうは丸みが半分以上もはみ出していた。セクシーさとキュートさを併せ持つ、なかなか通好みのランジェリーだ。

ベッドの優香に近づきながら、満也は胸をドキドキと高鳴らせた。甘ったるい肌の匂いが漂うのにも、劣情《れつじょう》が煽られる。

「では、さっそく」

満也が手をのばしかけると、優香が眉をひそめて見あげてきた。

「あの、診ていただきたいのは――」

説明しようとしたのを、人差し指を顔の前で振り、「ちっちっちっ」と制する。

「言われなくてもわかります」

きょとんとする彼女の腹部を、満也は広げた手の五本指ですーっと撫でた。

「ひッ」

くすぐったかったらしく、優香がビクンと身を震わせる。

それからさらに二の腕や太腿、膝や脛《すね》、さらに俯《うつぶ》せにさせて背中におしり、太腿の裏に平目筋と、満也はソフトタッチよりもさらに微妙な触れ方で、なめらかな肌を撫でまくった。その間、優香は身をくねらせ、

「あひッ」

「きゃん」

「はふン」

と、可愛い悲鳴をあげ続ける。終わったときにはハァハァと胸を大きく上下させ、ほぼ悶絶状態でぐったりと手足をのばした。

ピンクに染まった肌は汗ばみ、細かな雫《しずく》をそこかしこに光らせる。たち昇る甘酸っぱい香りが悩ましい。動いたせいでパンティが喰い込み、クロッチにいやらしい縦ジワを刻んでいた。

そんな姿に、当然ながら満也は昂奮させられた。というより、柔肌を撫でられた優香が身悶え、聞きようによってはエッチな声を上げていたときから、股間の分身はギンギンになっていたのだ。白衣を着ていなかったら、ズボンの前がもっこり状態なのがまるわかりだったろう。

（あー、やっぱり若くて可愛い女の子はいいなあ）

ニヤニヤしそうになったものの、向かいにいる成海がこちらをギッと睨んでいるのに気がついて、慌てて顔をしかめる。

（まあ、こんなのは序の口だからな）

お愉しみはこれからだと、満也はエヘンと咳払《せきばら》いした。

「わかりました。横田さんは腰と左右の太腿、それから右膝を痛めてますね。これだとダンスのときにつらいでしょう。特に太腿が重症だ」

告げるなり、優香の目が驚愕《きょうがく》で大きく見開かれる。

「すごい！　どうしてわかったんですか!?」

「なあに、こんなの簡単です」

得意満面で腕組みし、思わせぶりにうんうんとうなずく。と、向かいの成海に視線を移せば、彼女は悔しそうに顔をしかめ、親指の爪を噛んでいた。

3

ヒトの体内には様々なものが流れ、また、溢《あふ》れている。

最もわかりやすいものは血液であり、他にリンパ液がある。また、汗や唾液、胃液などの外分泌腺《がいぶんぴつせん》、ホルモンをつくる内分泌腺もある。

さらに、からだ全体に行き渡っているものとして、神経がある。アセチルコリンやドーパミンなどの科学伝達物質が、神経細胞から神経細胞へと昂奮や抑制を伝える。これにより、ヒトは何かを感じ、反応することが可能となるのだ。

以上のものがうまく機能していれば問題はない。だが、外的あるいは内的な要因により流れや分泌、伝達が妨げられると、ヒトは日々の活動に支障をきたすようになる。

マッサージやテーピングなどは、それら体内に生じた不具合を正常に戻し、機能回復をはかる治療法なのだ。

　これの難しいところは、人間の肉体は一様ではないということに尽きる。たとえば血管ひとつを例にとっても、基本的な構造は同じとはいえ、そのパターンには個人差がある。これは静脈認証が実用化されていることからもわかるだろう。その他のものについても、体内の様相は一人ひとり異なっている。

　よって、マッサージやテーピング、その他の施術についても、本来はその個人の体内にある見えるもの見えないものすべての「流れ」を見極め、個々に合った方法や力加減で不具合を除去しなければならないのだ。

　しかしながら、普通の人間にできることには限界がある。だいたいは相手に痛む場所を訊《たず》ね、あとは反応を見極めながらやっていくしかない。

　だが、もしも体内の「流れ」を完璧に捉えられる者がいたとしたらどうだろう。

　満也がまさにそれだった。肌に軽く触れるだけで、すべての流れがわかるのである。

　いや、正しくは感じると言うべきか。

　電流が流れると磁場が発生するように、体内の流れや分泌、伝達にも、付随的に生じるものがある。満也の指はそれを正確に感じ取り、そのひとの「流れ」を捉えることができたのだ。

　まあ、簡単に言えば、「さわっただけでどこが痛いのか、どこが悪いのかわかっちゃうよー」ということなのだが。あとはその不具合を、マッサージやテーピングで治してあげればいい。

彼の祖父である光吉は、経験と訓練によって「流れ」を見極める力に開眼した。ところが、満也は何の努力もせず、生まれながらにしてその能力を携えていたのだ。いわゆる、天賦《てんぷ》の才能である。

しかも、その精度は光吉の遥か上をいっていた。それも、虫眼鏡と電子顕微鏡ほどの差がつくぐらいに。これでは、もうワシなんか出る幕ないもんねと、彼が孫に後を継がせたのもわかるというもの。マッサージとテーピングの基本だけを教えて、さっさと隠居してしまった。

そして、光吉の弟子である成海にしたところで、どうしたって満也の特異な才能に敵うわけがない。こんなヤツがどうしてと、指を咥《くわ》えて悔しがるしかなかったのだ。なお、満也はさらに得難い能力を身につけていた。そのことを光吉や成海は知らない。もしも知っていたら、彼にこの仕事を任せなかっただろうから。

ともあれ、暮らしぶりは駄目ダメでも、こと整体治療に関しては、満也に並ぶ者はいなかったのである。

「では、最初は右膝からやっつけちゃいましょう」

お気楽な口調で告げ、満也は優香の膝のお皿を包み込むように触れた。

（ああ、ここだな）

本来あるべき「流れ」が途絶えているのを感じる。少しずつ指を喰い込ませ、途絶えているものを元に戻すべく肌の深部をなぞる。あたかも、塞《ふさ》がったミゾを掘り返して、水を流すがごとくに。

「はい、これでＯＫです」

その間、わずか二十三秒。優香は《え、もう？》という思いをあらわに、きょとんとした顔つきだ。

「膝を曲げてみてください」

怪訝《けげん》な顔つきでそろそろと脚を折り畳んだアイドル少女は、たちまち表情をパアッと輝かせた。

「あ、全然痛くないです！」

喜びと驚きをあらわにした彼女に、満也は我が意を得たりというふうにうなずいた。

「では、念のため固定しておきましょう」

テーピング用の、伸縮と粘着に優れたキネシオタイプのテープを、膝蓋骨《しつがいこつ》を囲むように貼る。すでに流れは戻っているので、巻いたりせず最小限にとどめておいた。

「治療は終わっていますから、このテープは剥がれたら捨ててしまってかまいません」

「はい、ありがとうございます」

すっかり信頼したようで、優香の表情からは最初にあった不信感がきれいさっぱり無くなっていた。そればかりか、尊敬の眼差しで見あげてくる。

「次は腰を治療します。俯せになってください」

満也の指示にも、彼女は「はい、お願いします」と素直に従った。

（おおおッ！）

十九歳の下着姿の少女が、バックスタイルを無防備に晒《さら》す。満也は心の中で感嘆の叫びをあげた。

目を惹くのは、やはりおしりだ。ふっくら盛りあがった綺麗な双丘は、輝かんばかりの白さ。いかにもモチモチと柔らかそうで、メロンパンならぬ白桃パンという眺めか。

パンティを穿いているのにそこまでわかったのは、さっき悶えまくったときに後ろの部分が臀裂に喰い込み、ほとんどTバックに近い有り様になっていたからだ。

しかも彼女はそれを直そうとしない。満也のことを信頼しきっているからだろう。

一方、憧れのアイドルが尻を丸出しにしていることに、成海は居たたまれなくなったらしい。かと言ってパンティを直してあげるのはどうかと思ったか、タオルを持ってきて剥き出しの臀部を隠そうとした。

もちろん、満也がそれを許すわけがない。眼福《がんぷく》の状況を奪われてたまるものか。

「ああ、成海さん。それは治療の妨げになりますので」

やんわりたしなめると、成海は「あ、はい」とすぐに引っ込めた。この場での自分は助手に過ぎないことを心得ているようながら、それでも悔しそうに下唇を噛む。

魅惑のヒップにむしゃぶりつきたい衝動をどうにか抑え込み、満也は両手を優香の細い腰に添えた。親指で背骨の両サイドを圧《お》しながら、下から上へと移動させる。

（よし、ここここだ）

今度は非伸縮性のホワイトテープを細く裂き、見極めた二ヶ所のポイントを結んで貼る。背骨の左右に、二本のテープが平行に並んだ。

「ふはぁ……」

途端に、優香が温泉にでもつかったみたいな、心地よさげなため息をついた。

「どうですか？」

「はい、なんか楽になったっていうか――」

確認すべく下半身を左右によじる。桃尻がぷりぷりと揺れた。

「わあ、腰がすごく軽くなりました。こんなすぐに良くなるなんて、魔法をかけられたみたいです」

「そうでしょう」

満也は得意げに顎をしゃくった。そんな賞賛の言葉よりも、まろやかヒップのエロい動きのほうが、ずっと嬉しかったのである。

彼が行なったのは、伸縮性のないテープで皮膚を固定し、体内の流れを最短距離に修正する方法である。効果は絶大だが、それにはポイントを正確に捉えねばならない。

そしてこれは、他のものにも応用できるのである。

「では、続けて太腿の治療に移りますが、おしりにも触れますからね」

「え、おしり？」

「ええ。大臀筋から伸びる靭帯《じんたい》は、大腿部を通って膝に繋がっているんです。つまり、おしりと太腿は密接に関係しているんですよ」

「はあ……」

「さわってかまいませんよね？」

「あ、はい」

「では」

満也はともすれば弛《ゆる》みそうになる頬をピクピクと痙攣《けいれん》させながら、ふっくらした丸みに両手をのばした。さっきは軽くタッチしただけだったそこを、今度は遠慮なくむんぎゅと鷲掴《わしづか》みにする。

（うほほほほーッ！）

絶対に聞かれてはならない奇声を、満也は心の中で上げまくった。

お肌もすべすべなそこは、片栗粉《かたくりこ》をたっぷりまぶした搗《つ》き立《た》てのお餅というふう。いくらかたちを歪《ゆが》ませても、すぐにぷるんと元に戻る豊かな弾力も素晴らしい。指に悩ましい極上の感触に、身も心も熱くなる。

（ああ、おれは今、トップアイドルのおしりを揉んでいるんだ）

実感することで昂奮もうなぎ登りだ。勃起《ぼっき》しっぱなしのペニスが脈打ち、先走りをトロリとこぼす。

と、よっぽどだらしない顔になっていたのだろうか、成海が今にも殺人事件を起こしそうな形相でこちらを睨《にら》んでいる。満也は焦って顔を引き締めた。

「ええと、このあたりかな……」

わざとらしくつぶやき、親指をお肉にめり込ませる。ポイントを見つけると、圧迫したまま太腿の方へ移動した。

（よし、ここだ）

再び非伸縮性のテープでふたつのポイント間を繋ぐ。おしりから太腿に左右一本ずつ、白いテープがハの字をこしらえた。

このとき、満也はわざとテープを短めにしておいた。それぞれのポイントは、完全には繋がっていなかったのである。

そのため、優香はさっきほど顕著な反応を示さない。わずかに首をかしげたのは、効果があまり感じられないからだろう。

「太腿はテーピングだけでは不充分なので、マッサージもしますからね」

「あ、はい。お願いします」

今度は太腿の裏側を、まずは右側から揉む。親指で圧迫し、円を描くように移動しながら強くさする。こちらもしっとりムチムチで、官能的な肌ざわりと肉ざわり。

「あ、気持ちいいですぅ」

優香がうっとりした声で告げた。

右が終わると、今度は左側。それにも心地よさげにしていたアイドルが、ほどなく悩ましげにヒップを揺すりだした。

「ン……あ」

切なげな喘《あえ》ぎが聞こえる。息づかいも荒くなっているよう。

（よし、効いてきたぞ）

満也は内心でほくそ笑んだ。

さっき中途半端なテーピングをしたところは、ある種の性感帯である。あたかも鉱脈のごとく体内に存在する、快感の脈。満也はこれを「快脈《かいみゃく》」と名づけていた。もちろんその存在を知る者は、彼だけだ。

そこをテープで繋ぐと、ひとは快感を覚える。一瞬で絶頂する場合さえあるのだ。ところが、わざとポイントをはずしておいたものだから、今は焦《じ》らされた状態。マッサージによる刺激のせいで、優香は切なくてどうしようもなくなっているはずだ。

「では、仰向けになってください」

満也の指示で身を起こした彼女は、頬をリンゴのように紅潮させ、吐息をはずませている。目もトロンとなっていた。

そして、のろのろと仰臥《ぎょうが》すれば、股間に喰い込むパンティのクロッチには、明らかな濡れジミが――。

（おおッ！）

そこから、甘酸っぱくもなまめかしい媚臭が、プンと漂った。

4

（よし、効いてる……効いてるぞ）

満也はウキウキ気分で優香の太腿に両手を添え、さするように揉んだ。

「あふッ」

それだけで彼女は四肢をわななかせ、切なげな喘ぎをこぼす。かなり感じやすくなっているようだ。

「ちょっと、ゆっちに何をしたのよ？」

さすがに様子がおかしいと気づいたらしい。成海が小声で詰め寄ってくる。

「べつに。普通のマッサージだけど」

「普通のって、明らかにヘンじゃない」

「そんなことはないさ」

満也はマッサージを続けながら、優香に問いかけた。

「横田さん、どんな感じですか？」

「は、はい……とても気持ちいい……です」

吐息をせわしなくはずませながらの答えに、成海も納得するしかなかったようだ。焦れったげに歯噛みをし、ところがパンティの濡れジミに気がついてギョッとなる。

「ちょっと、それ――」

言いかけたものの、憧れのアイドルが秘部を濡らしているのを指摘するのは、さすがにはばかられたのだろう。不審と苛立《いらだ》ちをあらわに、満也を睨みつけるのみ。

（さて、そろそろかな）

今も満也は、優香の性感ポイントを微妙に刺激し続けていた。アイドル少女は爪先をキュッと握ったり開いたりし、すっきりとへこんだお腹を波打たせる。ブラジャーに包まれたバストもゼリーみたいにぷるぷると揺れており、かなりのところまで高まっているのは明らかだ。

ここで一気にイカせて、乱れた姿を見せてもらうのも悪くない。だが、どうせならもっと長く愉しみたかった。

（だいたい、これで終わったらおれのほうが中途半端だものな）

ギンギンに勃起したペニスは、さっきからズボンの中で暴れ回っている。かなりの量の先走りをこぼしているらしく、下腹に糸を引く感じもあった。

優香が絶頂するところを網膜に焼きつけ、あとで思い返してオナニーをするのもいいだろう。しかし、せっかくナマのアイドルを前にして、それはあまりにもったいない。

だからと言って、彼女を犯すわけにはいかなかった。ここまで感じまくっているのだし、ひょっとしたら受け入れてくれるかもしれない。だが、挑みかかった瞬間に、成海に蹴り殺されるだろう。

何かいい方法はないだろうかと考えて、満也は（あ、そうだ！）と閃《ひらめ》いた。

「ねえ、成海さん」

優香に聞かれないよう小声で呼びかけると、成海は不機嫌そうに「なによ？」と眉をひそめた。

「ちょっと緊急事態なんだ」

「どうしたのよ？」

「いや、横田さんの反応があまりにエッチなもんだから、おれのナニが反応しちゃったんだけどさ」

「え？」

怪訝なふうに目をパチパチさせた成海であったが、すぐに意味を理解したらしく眉を吊り上げた。

「な――なに考えてるのよ、あんたはッ⁉」

憤りをあらわにしつつ、それでも優香に悟られたらまずいとわかっているのだ。声をひそめてなじる。

「仕事中なのよ。不謹慎じゃない」

「仕方ないだろ。健康な男子であることの証明なんだから」

「不健康な生活しまくってるくせに、なに言ってんだか」

「とにかく、このままだと彼女に妙なことをしちゃいそうで、かなりヤバいんだ」

「だったらマッサージを中断しなさいよ」

「それができないんだよ。今、大事なところをやってるから、ここで手を離したら悪化するかもしれない。そうなったらウチの信用がガタ落ちだよ」

「うー」

成海が忌々《いまいま》しげに親指の爪を噛む。予断を許さぬ状況であるとわかったようだ。

「だったら、どうすればいいのよ？」

「おれはマッサージを続けているから、成海さんがおれのをマッサージしてくれると嬉しいんだけど。その、性的な意味で」

「性的──」

途端に、気の強い美女が顔を強ばらせる。

「それって、わたしにあんたのナニをシコシコさせて、一本抜くってことなの⁉」

下品な言い回しで怒りをあらわにしたのに、満也は「もちろん」と答えた。

「フザけるんじゃないわよ。何だってわたしがそんなことをしなくっちゃいけないのよ」

「だけど、そうしないとおれも昂奮しちゃって、手元が狂うかもしれないし」

「そのぐらい我慢しなさい」

「だけど……うう、もう限界だよ」

満也はウソ泣き顔をこしらえて訴えた。わざと優香の痛めた部分を圧迫すると、彼女が「ツ——」と顔をしかめる。

「ああ、ほら。このままだと取り返しのつかないことになるかも」

「だ、だからって、どうしてわたしが」

「お願いします、成海さん。それに、これがうまくいったら、またＫＢＧ49のメンバーが来てくれるかもしれないんだよ」

この殺し文句が効いたらしい。

「ったく、しょうがないわね……」

成海はブツブツとこぼしながらも、願いを聞き入れてくれた。

「絶対に下を覗くんじゃないわよ」

念を押した成海が、施術用ベッドの下にもぐり込む。満也の白衣の裾が開かれた。

「それから、わたしがここまでしてあげるんだから、ちゃんとゆっちを治さないと承知しないからね」

小声で言われたことに「わかってます」と答え、満也はマッサージを続行した。だが、ズボンとブリーフがまとめて脱がされ、そそり立つ肉勃起があらわにされるに及び、期待が富士山のごとく盛りあがる。

（ああ、いよいよ——）

童貞の身で風俗経験もないから、女性にその部分を触れられるのはこれが初めてだ。我が右手しか知らぬ気の毒なジュニアが、いかほどの快楽を与えられるのか。想像するだけで、新たなカウパー腺液が鈴割れから噴きこぼれるようだ。

そして、しなやかな指が剛直に巻きつく。

「ううううう」

満也は唸《うな》り、膝をカクカクと揺らした。思わず優香の太腿をギュッと握り込み、彼女に「イタッ」と悲鳴を上げさせてしまう。

「ちょっと、しっかりやりなさい」

成海になじられ、慌ててアイドル少女の痛みを取り除く。だが、与えられる快感に、指先がどうしようもなく震えた。

(うう、これはかなり気持ちいいぞ)

普段は気が強くて乱暴でも、成海はやはり大人の女性である。指や手のひらの柔らかさは他に喩えようもなく、しっとりと包み込んでくれるのもたまらない。

さらに、それが前後に動かされる。敏感な分身が極上の悦びにひたった。

「あうう」

堪えきれずに呻《うめ》きがこぼれる。たちまち爆発しそうになったのを、満也は理性と忍耐を最大限に発動して堪えた。すぐに達してはもったいなかったからだ。

「こんなに硬くしちゃって……」

成海のつぶやきも、どこか悩ましげ。自分のその部分がどんなふうに愛撫されているのか見えないが、それだけに神経が研ぎ澄まされて快《こころよ》さがふくれあがる。

(成海さんがこんなにうまいなんて)

二十代後半といい大人なのだから、それなりに経験も積んでいるのだろう。だが、ひょっとしたら本職のマッサージとは異なるエロいマッサージも、バイトか何かでしているのではないか。などと、本人に言ったら殺されそうなことを考える。

まあ、満也はこれが初めての手コキ体験なのである。女性に握られるだけで、有頂天になっていた。涙ぐむほどに感じてしまうのは当たり前だ。

ともあれ、性急に昇りつめてはならないと、満也は目の前のマッサージに集中した。もっともそれは、アイドル少女にいやらしい声をあげさせ、それを聞きながら自分も快感を享受するためであった。

「もっと脚を開いて」

成海の目が届かないのをいいことに、優香の開脚角度を大きくする。今やクロッチの濡れジミは、五百円硬貨の大きさだ。かぐわしくもいやらしい媚臭が、煮立った鍋の蓋《ふた》を開けたときみたいにプンと匂った。

（うう、たまらない）

もはや治療とは関係なく、指を鼠蹊部《そけいぶ》――腿の付け根ラインにのばす。パンティの裾がこすれるそこは、神経や汗腺が集まり、ただでさえ敏感なところなのだ。

両腿の付け根を両手で握り込むように掴む。それから、左右の鼠蹊部を親指の腹で、下から上へとこすりあげる。

「あひッ」

優香が腰をビクンと跳ねさせ、エッチな声をあげた。

と、ペニスが強く握られた。まるで、変なことをするなと咎《とが》めるように。

しかし、そんなことで満也の暴走は止まらない。

するッ、するッ……。

鼠蹊部への摩擦を続けると、その部分が熱を帯びてくる。

「んッ、あ……はぁ」

優香の喘ぎも色濃いものに変化してきた。腿の付け根を押さえられているものだから上半身をくねらせ、曲げた腕を体側で小刻みにわななかせる。

「ちゃんとやってるんでしょうね」

成海の苛立った声が聞こえた。ペニスをしごく動きも速まったから、さっさと射精させようということなのだろう。

けれど、満也は決して漏らすまいと歯を食い縛り、アイドルの敏感恥帯《びんかんちたい》をしつこくスリスリした。

「あふ、あ、はああ……感じるぅ」

あられもないことを口走ったのを、本人は気がついていないらしい。さらに、くねる背中をベッドにこすりつけたため、ブラジャーのホックが外れかかっていることも。

今や濡れジミの中心は、粘っこいものが内側から染み出しているのがわかるまでになった。淫靡《いんび》な光を反射させるその部分は、中がきっと大洪水だろう。おまけに、喰い込みすぎたクロッチの両側からは、黒い縮れ毛が数本はみ出していた。

（うおお、アイドルのハミ毛だ！）

写真に撮れれば、とてつもない高値を呼ぶこと間違いない。それを目に焼きつけ、満也は鼠蹊部から手をはずした。

いよいよ最終段階へと進むべく、非伸縮性のテープを用意する。さっき探っておいた太腿前面から鼠蹊部にかけての快脈を、今度は左右ともきっちりと繋いだ。

「ふううううううーッ！」

優香が腰をガクガクと跳ねさせる。それでも最後に残った理性が働いたか、よがり声をあげまいと懸命に抑えている様子だ。

だが、それも満也には計算ずくだった。

（まだ後ろ側の快脈が繋がっていないから、完璧じゃないんだよな）

言うなれば、快楽の波が一方向に押し寄せる状態。これがいったん引いてくれれば、さながら大地震後の津波のごとく、強烈な愉悦の波涛《はとう》が砕けるはずなのだ。

「ふー、ふー」

優香の息づかいが太いものになる。快感が押し寄せるばかりで苦しいのだろう。そして、なまめかしくくねるボディから、とうとうブラジャーが外れてしまった。

たふん──。

ドーム状の真っ白なおっぱいがまろび出る。ホワイトスライムのごとき柔乳を目にするなり、満也は危うく精を放ってしまうところであった。

5

（おおおお、おっぱいだ！）

童貞には目の毒でしかない、アイドルのナマ乳房。それが手をのばせば届くところで、たふたふと揺れているのだ。

頂上には淡いピンクの乳首が、欲情をあらわにツンと突き立つ。彼女のファンはグラビアの水着姿を拝むたびに、見ることのできない突起部分の色や佇《たたず》まいを想像するに違いない。それを目撃した誇らしさも、満也の昂奮を高めた。

「むふぅう、う──ああ」

喘ぎ続ける優香は、ブラジャーがはずれたことにも気がついていない様子。と言うより、全身を包み込む終わりのない悦楽に、それどころではないのだろう。

「ああ、もう……早く──」

切なげな訴えが、愛らしい唇から洩《も》れる。イキたくてたまらなくなっているようだ。

（優香ちゃんって、もうエッチしたことあるのかな？）

ここまで感じているのは満也のせいなのだが、それでも性感がある程度発達していないことには、テーピングの効果は期待できない。まあ、十九歳なら体験していてもおかしくないのであるが。

（でも、たしかKBG49は恋愛禁止だって話を聞いたことがあったけど……）

しかし、生き馬の目を抜く芸能界でトップであり続けるとなれば、文字通りからだを張って仕事を得ることだってあるだろう。恋人はいなくとも、スケベ親父たちとそういうことをしている可能性だってある。

未だローカルアイドルなのだろうと思い込み、彼女たちにはまったく関心がなかった。けれど、こうしてあられもないところを見せられれば、あれこれ知りたくもなってくる。今の優香はエクスタシー寸前で頭がボーッとしているようだから、訊ねれば案外正直に答えるかもしれない。

だが、ベッドの下には成海がいる。満也のペニスをしごきながら、何をしているのかと聞き耳を立てているのだ。妙なことを質問すれば、人質に取られているムスコを握り潰《つぶ》されるのは間違いない。

(あ、そうか)

だったらそうと気づかれないように言葉を濁せばいい。思いついて、満也は優香のパンティの中心、透明な蜜を滲《にじ》ませるクロッチをすっと撫でた。

「はひッ！」

半裸の女体がガクンと跳ね、ヒクヒクと痙攣する。軽く昇りつめたようだ。

「ここがかなり熱いし、ちょっと腫《は》れているようですね。仕事でかなり酷使しているんじゃないですか？」

陰部のぷっくりした盛りあがりを絶妙なタッチで刺激しながら問いかける。触れている場所がわからない成海は、どこか筋肉の一部だと思うだろう。

「あああ、そ、そんなことしませんッ」

枕営業のことだと悟ったか、優香が頭をぶんぶんと振って否定する。

「そうなんですか？　おかしいな。だったら、プライベートでは？」

「そ、それは――」

口ごもったところをみると、男がいるのかもしれない。俄然興味が湧く。

「正直に答えてください。治療に必要なことなんですから」

もちろんその部分は治療とはまったく関係がない。しかし、愉悦に溺れて脳が蕩《とろ》けている彼女は、少しもおかしいと感じなかったようだ。

「うう……あ、亜美《あみ》ちゃんと――」

「え、亜美ちゃん？」

「ＫＢＧの仲間ですぅ」

その名前は知らなかったが、どうやら優香は同じＫＢＧ49のメンバーと、そういうミダラな関係にあるらしい。

（じゃあ、レズなのか⁉）

恋愛を禁止されている上に女の子だけの世界にいるから、そっちの道にはまり込んだのではないか。

「自分で何かすることはないんですか？」

この問いかけに、優香は「いやあ」と泣きべそ声をあげた。

「正直に言ってください」

愛液のヌルミを用いて、クロッチの喰い込みジワを執拗《しつよう》に撫でる。

「あひッ、あ、いやぁ」

ナマ白い内腿がビクビクとわななないた。

「あうう、た、たまに自分でもしますぅ」

顔を真っ赤にし、涙の雫をこぼして恥ずかしい告白するアイドル少女。これには、満也も頭が沸騰するかと思った。

(こんな可愛い子でも、オナニーをしているのか⁉)

羞恥にむせび泣き、身をいやらしくくねらせる優香を見おろし、満也はあれこれ妄想した。彼女が自らをまさぐってこんなふうに身悶えるところや、同性の少女といやらしく絡《から》みあうところなどを。

「ちょっと、何してるの？ ゆっちをいじめるんじゃないわよ」

さすがに怪しんだか、成海がペニスをギュッと握って咎める。危うく射精しそうになり、満也は血が出るかと思うほど唇を噛み締めた。

「ああ……お願い、早くぃかせてぇ」

アイドルのはしたないおねだりに、いよいよ忍耐の緒が切れそうだ。

「優香ちゃん、俯せになって！」

もはや仕事ということも忘れ、馴れ馴れしく呼びかける。彼女はそれを訝《いぶか》ることなく、くるりと身を翻した。

パンティが完全に喰い込んだ、ぷりぷりの柔らかヒップ。そこと太腿を繋いでいる二本のテープを、満也はベリッと剥がした。すぐさまそれよりも長めのものを貼り、今度は快脈をきっちりと結ぶ。

「くうううううううーッ！」

熱したフライパンにのせられたみたいに、優香の下半身が跳ね躍る。ベッドがギシギシと軋《きし》みをたて、「キャッ、なに⁉」と成海の慌てた声が聞こえた。

「あふッ、ア――はあああ、イクぅッ‼」

快美電流を食らって一気に昇りつめた肢体が、爆発的なわななきを生じる。

「イクイクイク、く――ふうううううっ！」

たわわなヒップを揺すりたてての オルガスムスはこの上なく淫らで、満也もとうとう限界を突破した。

「うううう、あ、出る――」

柔らかな手指にしごかれるジュニアを、雄々しく脈打たせる。目のくらむ愉悦とともに牡の情熱を飛ばそうとしたそのとき、ふくらみきった頭部が温かなものに包まれた。

（え、これは……⁉）

それが成海の唇であると悟ったのと同時に、最初の飛沫が鈴割れを押し広げてほとばしった。

どぴゅんッ！

後頭部を殴られたにも等しい快感は、普段のオナニーではとても味わえなかったもの。おまけに、成海は牡の強ばりをしごきながら、尖端《せんたん》を強く吸い続けたのである。

「うあ、あああ」

射精スピードが勢いを増し、快感も天井知らずにふくれあがる。脳がバターみたいに蕩けて、馬鹿になりそうだった。

膝が笑って立っていることも困難になる。満也はベッドにつかまってどうにかからだを支え、歓喜にのたうつアイドルを見つめたまま極上の悦びにひたった。

長々と続いた射精がやむと、成海がベッドの下から這い出し、脱兎のごとく診察室をとび出す。間もなく、洗面所のほうからブクブクガラガラと品のない音が聞こえてきた。どうやら口内発射されたものをゆすいでいるらしい。

満也はオルガスムス後の気怠さにひたりつつも、まだ四肢をピクピク痙攣させている優香の、快脈テーピングを解除した。それでようやく人心地がついたようで、彼女は大きく息をつき、力尽きて手足をのばした。

ブラジャーがはずれて、今やパンティ一枚のみというあられもない格好。おまけに最後の一枚も、ヒップの割れ目に喰い込んで、ふっくら臀部がまる見えだ。

こんなところを成海が見たら、激怒するのは間違いない。満也はそばのカゴに入れてあったタオルケットをとると、優香のからだにかけてあげた。

そして、ブリーフとズボンを引きあげたところで、成海が戻ってくる。

「ったく、あんなにたくさん出すなんて……危なくここで吐いちゃうところだったわ」

忌々しげに睨みつけられ、満也は首を縮めた。快感が大きかったぶん、精液の量も半端ではなかったようだ。

「すみません。だけど、どうして口で受けとめたんですか？」

訊ねると、成海が《そんなこともわからないの？》という顔で眉間にシワを刻む。

「こんなところであんなイカくさいのを出しちゃったら、匂いでゆっちに気づかれるかもしれないじゃない。それに、飛び散らせたら後始末も面倒だし」

なんだ、そういうことかと、満也は落胆した。ひょっとしたら何か特別な感情があって、あそこまでしてくれたのではないかと密かに期待していたのだが。

（ま、成海さんがおれに惚《ほ》れてるなんて、万にひとつもあるわけないか）

事前にきっちり消毒していたから、口をつけることもできたのだろう。思いもかけずフェラチオから口内発射まで体験できたのだし、ここは幸運だったと素直に喜ぶべきだ。

「それで、治療は終わったの？」

まだぐったりしたままの優香を見て、成海が眉をひそめた。

「うん、バッチリ。ただ、かなり疲れたみたいだから、もうしばらく休ませておいたほうがいいと思うよ」

「そうね。一度に何ヶ所も治療されたら、体力も消耗するだろうし」

強烈なエクスタシーでグロッキーになっているとは、成海も気づいていないようだ。

こうして、アイドル少女への治療――というか、ほとんど猥褻行為――は終了した。


「ありがとうございました。すっかりよくなりました。ていうか、前よりも動けるようになったみたいです。これでツアーも最後まで頑張れます」

身繕《みづくろ》いを終えた優香から感謝の言葉を述べられ、満也は鷹揚《おうよう》に胸を張った。

「いえ、これが私の仕事ですから」

むしろ愉しませてもらったお礼を述べてもいいぐらいなのだが、もちろんそんなことは口にしない。

「わたし、これまでもあちこちのお医者さんに診ていただいて、だけどちっとも良くならなかったんです。中には痛いことをするお医者さんもいましたし……でも、光円寺先生の治療は、とっても気持ちよかったです」

言ってから、アイドル少女がはにかむ。どうやら絶頂したことまでは憶えていないようだ。

「だったら、ここの医院のこと、他のメンバーにも紹介してね。あ、あまり口が軽い子は困るけど」

成海の言葉に、優香は明るく「はい」と返事をした。

「みんなに教えるのはもったいないから、わたし、親友にしか教えません」

「親友って、亜美ちゃんって子？」

つい名前をあげてしまったところ、優香がきょとんとした顔を見せた。

「はい、そうですけど。牧田《まきた》亜美ちゃん」

どうやら治療中のことはほとんど憶えていないらしい。レズ友がいることや、オナニーをしていることまで告白したのも。

「そう言えば、治療中にも何か訊いてたわね……」

成海にも怪訝な顔をされ、満也は冷や汗をかいた。

（ま、これでＫＢＧ49に限らず、アイドルの女の子たちが来てくれたら……ぐふふ、

愉しみだなあ）

光円寺満也の欲望は尽きない。もっとも、童貞卒業はまだまだ遠そうだ。

第二章　アナドル覚醒！

1

そういやヘビーローテーションとベビーローションって似てるよなと、今日もくだらないことを考えながらエロサイトをネットサーフィンしていた満也は、とある掲示板に投稿されていたエロ画像にギョッとした。

「これって……優香ちゃん!?」

かつて「こうえんじ鍼灸整骨院」を訪れたアイドルで、今や飛ぶ鳥を落として焼き鳥にするほどの勢いがあるKBG49のメンバーである横田優香。なんと彼女が全裸で大股開きという破廉恥《はれんち》な格好で、決してテレビやグラビアでは見せられない神秘の部分をぱっくりとあらわにしていたのだ。しかも、営業用のスマイルを浮かべて。

もちろんそれが本物ではなく、猥褻画像の頭部分のみをすげ替えたアイコラであることを、満也はすぐに理解した。なぜなら、彼が目にした本物のアイドルおっぱいは、乳首がもっと綺麗なピンク色だったからだ。それに、ボリュームも明らかに足りない。

（でも、けっこううまくできてるよな）

首の接合部分にまったく違和感がない。これなら本物だと信じるやつもいるのではないか。それに、偽物だとわかっていても、ニッコリ笑って性器をあらわにした姿は、かなり煽情的《せんじょうてき》である。

（本物の優香ちゃんのオマンコは、どんなふうなのかなあ……）

ついそんなことを考えてしまう。あのときはおっぱいと、パンティが喰い込んだおしりは目にしたものの、秘部までは見られなかったのだ。

もしもまた来てもらえたら、今度こそどんな手を使ってでも見てやるのに。とりあえずその画像を保存してから、満也は珍しく診察依頼の掲示板をチェックした。いつも成海任せだし、たまには自分でしなくちゃと殊勝なことを考えたのだ。ところが、

「え、これは――」

またも驚きを声に出す。そこに優香のメッセージがあったからだ。

《ＫＢＧ49の横田優香です。先日はお世話になりました。実は、また治療をお願いしたいんです。今度はＫＢＧの仲間の牧田亜美ちゃんもいっしょに。前よりも忙しくなって、ふたりとも疲れ気味なんです。先生のマッサージで元気にしていただきたいので、どうかよろしくお願いします》

今をときめくアイドルがふたりそろってなんて、それこそ盆と正月が一緒に来るようなものだ。いや、クリスマスとハロウィーンだろうか。

などと、どうでもいい喩えを考えつつ、満也はさっそく返信をした。いつでもどうぞ、歓迎しますと。

(優香ちゃんと亜美ちゃんって、たしかレズの関係なんだよな)

優香は憶えていなかったようであるが、治療で快感に身悶え、つい告白したのだ。ついでに、オナニーをしていることまでも。

牧田亜美というKBGのメンバーに関して、あのあと満也は調べてみた。優香が癒し系の愛らしい女の子であるのに対して、亜美はショートカットの髪型が似合うクールな美少女。キリッとした眼差《まなざ》しが印象的な、男よりも同性に人気がありそうなタイプだった。

おそらくふたりが抱きあうときは、亜美が優香をリードして攻めるに違いない。そういうのは、確かタチとか言うはず。歳は亜美のほうがひとつ下であるが、プライベートでは年上も年下も関係ないだろう。

彼女たちをうまく操れば、女同士のそういう行為を目の当たりにすることができるかもしれない。それから、前回は見られなかったアソコも――。

思わず「グフフ」と下卑《げび》た笑いをこぼした満也であったが、この件は成海に知られちゃいけないぞとひとりうなずく。またうるさく口出ししてくるに決まっているからだ。

（前回は成海さんにフェラしてもらえたけど、今度は優香ちゃんか亜美ちゃんにしてもらいたいなあ）

などと無謀な望みを抱きつつ、さっき保存したアイコラ画像をオカズに、満也は日課の自家発電に没頭するのであった。

三日後、コンサートレッスンの合間に、優香と亜美がやって来た。

「またお世話になりまーす」

すでに満也の腕前を知っている優香は、愛想のいいニコニコ笑顔。ところが、亜美のほうはあからさまに眉をひそめていた。建物のボロさと整体師の若さに、不信感を拭《ぬぐ》えないのだろう。

「あなたが牧田亜美さんですね。どうも初めまして」

満也が精一杯の愛想笑いを浮かべても同じであった。それどころか、気味悪げに眉間のシワを深くする。

（チェッ、傷つくなあ）

こうなったら徹底的に感じさせて、ヒーヒー言わせてやる。内心で意気込んだとき、

「そう言えば、こないだの女のひとはどうしたんですか？」

優香が首をかしげる。成海がいないことに気づいたらしい。

「ああ、今日は他で仕事があるんですよ」

簡潔に答えると、「あ、そうなんですか」とすぐに納得する。それから、レズ友の少女を振り返った。

「じゃあ、今日は亜美ちゃんから先にお願いします」

「え、あたし!?」

亜美が露骨に嫌そうな顔をする。

「だって、最近疲れやすいって、亜美ちゃん言ってたじゃない。この先生の手にかかったら、そんなのもイッパツで治っちゃうよ」

「でも……男の先生だし」

「そんなの関係ないじゃない」

「関係あるわよ」

優香に諭《さと》されても受け入れられないよう。どうやら躊躇《ちゅうちょ》しているのは満也のことが

信用できないからではなく、男に触れられたくないということらしい。

（根っからのレズってわけか……）

確かＫＢＧ49は握手会を頻繁に行なっていたはずだが、こんな調子ではファンの手を握ることもできないのではないか。いくら同性に好かれるタイプでも、ＫＢＧのファンは圧倒的に男が多いのであるから。

その点は、どうやら優香も気にかけていたらしい。

「駄目よ、いつまでもそんなことを言ってたら。こういうところで慣れておかないと、また握手会の途中で気分が悪くなったりするんだからね」

いちおう年上らしくお説教をする。そう言えば、握手会の途中でＫＢＧメンバーの誰かが退席したなんてニュースを以前に見たが、あれは亜美のことだったのか。

（男と握手して気持ち悪くなったんだな）

優香がここに亜美を連れてきたのは、治療以外に男に慣れさせる意図もあるようだ。

（待てよ、だったら――）

とっさに閃き、満也は提案した。

「では、優香さんが私の代わりに牧田さん――亜美さんをマッサージしてあげてください」

「え、わたしがですか？」

優香が困惑を浮かべる。

「だけど、マッサージなんてやったことありませんよ」

「だいじょうぶです。私がちゃんとアドバイスしますから。それなら亜美さんも安心でしょう」

「うん。あたしもゆっちにしてもらったほうがいい」

亜美も同意して話は決まった。

「では、服を脱いでください」

満也の指示に、亜美は渋い顔こそ見せたものの、それほどためらわずに服を脱いだ。事前に優香から聞かされていたのだろう。インナーも明らかに下着ではなく、上下白の水着であった。

（なんだ、つまらないなあ）

思わず渋い顔になってしまった満也を、亜美が横目でギロリと睨んでくる。誰があんたなんかにブラやパンツを見せるものかと、キツい眼差しが訴えていた。

「で、では、こちらに寝てください」

気圧《けお》されつつも指示すれば、亜美が施術用ベッドにあがる。普通のベッドより高さがあるため、ボーイッシュな少女は膝を上げた瞬間「ッつ――」と小さな声を洩らした。横たわるときも、しかめっ面で恐る恐るだ。

(ははあ。腰を悪くしているんだな)

そのぐらいは造作もなくわかる。だが、原因がダンスレッスンの厳しさゆえなのか、それとも優香とのレズプレイが激しすぎたためなのかまでは定かでない。

「仰向け？　それとも俯せ？」

亜美が苛立った口調で訊ねる。

「あなたは腰が悪いようですから、俯せになってください」

満也がさらりと告げると、彼女は驚きをあらわに目を見開いた。

「ね。光円寺先生には、何でもわかっちゃうのよ」

優香にも言われ、亜美はようやく満也のことを認める気になったようだ。素直に俯せて、くりんと丸いヒップを天井に向ける。

水着はごくおとなしいデザインで、おしりの丸みも完全に覆《おお》われていた。正直物足りないが、割れ目に喰い込むほど悶えさせてやろうと思えば、俄然闘志が湧いてくる。

「それで、わたしはどうすればいいんですか？」

優香が心細そうに訊ねる。

「以前、私がどんなふうに優香さんをさわったか、憶えてますか？」

「えっと……最初はたしか、指先で軽く撫でるみたいにされたと思います」

「その通りです。それを亜美さんにしてあげてください。両手の指を大きく開いて、指紋のところが触れるか触れないかという感じで肌を撫でるんです」

「どこを撫でればいいんですか？」

「そうですね。背中から腰にかけて、満遍なく触れてください。あ、手はなるべくゆっくりと動かして」

「わかりました」

優香はうなずくと、言われたとおりに両手を大きく開いた。自分がされたときのことを思い出すような表情で、レズ友の背中に指をすべらせる。

「──ひッ」

亜美が絹を裂くような声をあげ、背中全体をビクッと震わせた。くすぐったそうに腰をよじり、肩をプルプルさせたりする。

（なるほど、あのあたりが弱点か）

もちろん自分で触れればすぐにわかるのである。今はとりあえず、間接的な方法で見極めるしかない。優香の指が触れた位置と亜美の反応をじっくり観察し、満也は皮膚の奥の「流れ」を探った。

（ええと、あそこと、あそこと、ここ……）

要はポイントを見つけ、それを線で繋ぐわけである。ある程度わかったところで優香に中断してもらい、発見した線をテーピングで結ぶ。

「ひぐぅッ」

亜美が奇妙な呻きをこぼし、ヒップをわずかに上下させた。

「う……あ——何これ……？」

首を反らし、不安げなつぶやきを洩らす。テーピングによって「流れ」が活性化され、体内にかつてない変化が起こっているのだ。

「では、太腿のほうもお願いします」

「あ、はい」

すらりとした腿を優香が撫でると、亜美は背中以上の反応を示した。

「うあ——あああ、や、やめ……」

もはやどこを撫でられても、腰をビクビクと跳ねるほど。

（けっこう感度がいいんだな）

レズセックスで開発されたのだろうか。

気がつけば、優香の顔つきもひどく悩ましげだ。友人以上に親しい少女が切なげに身悶え、エッチな声をあげているのだ。ふたりで抱きあったときのことを思い出しているのかもしれない。

そして、おそらく亜美のほうも。

2

「ああ、だいぶいい感じにからだがほぐれてきたんじゃないのかな」

満也は冷静なフリを装って告げた。実際のところは亜美の淫らな反応に劣情を煽られ、ペニスをギンギンに勃起させていたのである。

「そうなんですか……？」

優香が戸惑いを浮かべながらも、レズ友の太腿をサワサワと撫で続ける。いつしか息がはずみ、指の動きがねちっこくいやらしいものに変化していることに、彼女は気がついていないようだ。

「お、お願い……やめ——」

亜美が声を詰まらせ気味に訴える。しかしながら、いやらしく左右に振られる水着のヒップは、もっと気持ちいいことをしてとねだっているかのよう。

（いい感じだぞ）

アイドル少女の肌が汗ばんでキラめき、甘ったるい香りを振り撒きだす。それを嗅ぐだけで、満也の昂奮もうなぎ登りであった。

（亜美ちゃん、もう濡れてるんじゃないだろうか）

確かめたくて声をかける。

「では、今度は仰向けになってください」

優香が手を離すと、亜美はホッとして息をついた。しかし、テーピングの効果は残っており、肌のあちこちがまだピクピクと痙攣している。

「やだ、どうして……」

震える声でつぶやきながら身を起こし、ゆっくりと仰向けになる。まるで、肉体にわずかの刺激も与えまいとするように。

そのとき、すらりと格好のよい脚が、ハの字に開かれた。

（やっぱり濡れてる……）

亜美はすぐに腿を閉じてしまったものの、満也はしっかりと目撃した。水着の股間に、楕円形の濡れジミが浮かんでいたのを。

天井を見あげた彼女は悩ましげに腰をもぞつかせ、半開きの唇から吐息をこぼす。波打って上下する腹部からも、かなりの快感を得ていることがわかった。

ただ、本人はそれを認めたくないようであったが。

「ゆっち――」

優香と目が合うと、亜美は縋《すが》るように両手をのばした。それを目にするなり、満也の頭に名案が閃く。

（そうだ。ふたりいっしょに――）

同時に快感を与えれば、きっと我を忘れて互いをまさぐり合うに違いない。

「優香さんも脱いで、亜美さんに重なってください」

この指示に、優香は驚きをあらわに「え？」と振り返った。

「ひとりずつよりも、ふたり一度にやったほうが効率がいいですから。それに、亜美さんもそのほうが落ち着くでしょうし」

「うん。そうして、ゆっち」

亜美も切なげな眼差しで要請する。これには、優香も拒むことができなかったらしい。

「わかったわ……」

うなずいて服を脱ぐ。このあいだと同じく、少しもためらうことはなかった。

今日の下着は清楚な白。ところが、ベッドにあがるときに向けられたヒップを目にして、満也は度肝を抜かれた。後ろの部分は上側が円形に切り抜かれており、おしりの割れ目が半分も見えていたのだ。

(なんだってこんなエッチなパンツを穿いてるんだよ⁉)

まあ、丸い穴の上部分はリボンで飾られているから、可愛いと言えなくもない。だが、男の立場からすれば、それは明らかに誘惑目的で穿く下着であった。

(まさか、おれを誘うつもりで——)

つい図々しいことを考えてしまったものの、亜美も一緒なのだ。そんなことがあるはずない。おそらく、こうして治療を受けることなど考えずにチョイスしたのだろう。

「あん、ゆっちぃ」

覆いかぶさった優香に、亜美は仔犬みたいに鼻を鳴らしてしがみついた。さっきまでの小生意気な態度が嘘のような甘えっぷりだ。

(あれ、亜美ちゃんって、タチじゃないのかな?)

これだとレズのとき受け身になるほう——ネコのように見える。ともあれ、

「では、マッサージを始めますよ」

満也は鼻息も荒く、優香の背中に手をのばした。白くなめらかな柔肌を、指の腹で

スッと撫でる。

「きゃふッ」

甲高い悲鳴があがり、亜美よりもムチムチ感の際立つボディがわななく。前にさんざん揉みたおしているから、どこをどうすれば感じるのかすぐにわかった。

（ここをこうすれば――）

体内の「流れ」に沿って指を這わせ、ポイントを圧迫する。ピンクに染まった肌が、たちまちしっとりと汗ばんできた。

「あふっ、う――くぅううう」

洩れるよがり声が高まる。

「ゆっちも感じてるの？」

「や、やん。だってぇ」

「すごいんだ……こんなに気持ちいいマッサージがあるなんて、あたし知らなかった」

もはや亜美は嫌悪も抵抗も失くしているようだ。ならばと、満也は優香を撫でさすりながら、亜美の脇腹や太腿にもタッチした。

「あ、すご――やあぁ、気持ちいい」

重なった若いからだが歓喜にくねる。アイドルがふたり折り重なって、いやらしさは二倍以上だ。

そして、満也が望んでいたとおりのことが始まる。

「あん、ゆっち……」

「ん――ンふぅ」

優香と亜美が唇を交わし、女同士の戯れに耽《ふけ》りだしたのだ。

(うわ、エロい)

初めて目の当たりにするリアルレズ。抱きあってキスをしているだけなのに、目眩《めまい》がしそうなほどいやらしい。何しろ彼女たちは、とびっきり魅力的なアイドルなのだから。

もっと淫らな戯れを見たくなり、満也はふたりの快脈を探った。

優香のものは前に治療(?)したときと変わらない位置にあったが、より発達しているようである。ひょっとしたらオナニーや亜美とのレズで、性感が研ぎ澄まされたのではないだろうか。

(エッチだなあ、優香ちゃん)

勝手に決めつけて、太腿裏の快脈をテーピングする。

「んんッ――ぷはぁあああーっ!」

くちづけをほどいてのけ反り、優香はたわわなヒップをプルプルと震わせた。

「え、ゆっち？」

派手な反応に驚いた亜美も、満也の手が快脈を探り出したことで喜悦の声をあげる。

「あ、あひッ、そこぉ」

両脚を暴れさせ、上に乗ったレズ友を振り落としそうな勢いだ。

「ああ、か、感じるのぉ」

「ゆっち、ゆっち……くうぅ、あたしもぉ」

火照った肉体をヘビかナメクジのごとく絡ませ合い、ふたりのアイドルが快感に溺れる。満也の指が快脈を辿《たど》ると、亜美はいっそう派手な声をあげて腰を跳ねあげた。

「はふっ、う――きゃううぅ。お、おかしくなっちゃふぅう」

優香が上に乗っているから、彼女にはあまり触れられないのだ。なのに、今にもエクスタシーに達しそうな反応である。

（うわ、すごいぞ）

最初のクールな印象とは裏腹に、亜美の快脈は予想以上に体内を巡っていた。どこもかしこも性感帯というふうで、若いのにかなり発達したボディのよう。満也の指示があったとは言え、優香に撫でられて感じまくったのも当然だ。

これではテーピングをしたら、とんでもない事態が生じるのではないか。けれど、とんでもないことが起こってほしい満也は、少しも躊躇などしなかった。

満也はいそいそとテープを貼った。汗で湿った内腿の、最も太い快脈が流れているところに。

「ひぐッ！」

亜美が喉を詰まらせたような、奇妙な声をあげる。からだを強ばらせたばかりか、目をカッと見開いて唇を震わせた。しかも、その状態がしばらく続いたのだ。

(あ、ヤバかったかな)

亜美が手足をピクピクさせだしたものだから、さすがに満也は蒼くなった。だが、レズ友のそんな状態など少しも目に入らぬふうに、感極まった優香が再びくちづける。

「はむぅ——ン、ふはぁ」

呼吸をはずませ、優香が舌をピチャピチャと躍らせる。その音が満也の耳にも届いた。かなり濃厚なキスをしているよう。

そして、亜美の肉体に変化が現れる。

「……んふッ、んんんっ——ふぐぅうううううッ!!」

熱したフライパンに乗っけられたみたいに、水着少女のからだがロデオマシーンのごとく跳ね躍る。これには優香もたまらなかったらしく、上から落ちてしまった。

「キャッ！」

「危ないっ!!」

とっさに満也が抱きとめて、大事に至ることはなかった。だが、亜美のほうはそれでは済まず、ベッドの上でまだビクビクと四肢をわななかせている。このままでは命にかかわるかもしれない。

(うわわ、まずいぞ)

満也は慌てて彼女に飛びかかり、内腿に貼ったテープを引き剥がした。汗をかいていたおかげで、幸いにも容易《たやす》く奪うことができたのだが、

「──っく、ううう、い……イクぅううッ！」

アクメ声を轟《とどろ》かせ、亜美は昇りつめた。下半身をビクッ、ビクンと痙攣させて。

(すごい……)

満也はあっ気にとられて絶頂アイドルを見つめた。

目を閉じて、半開きの唇から深い息をこぼす彼女は、汗ばんだ額に髪の毛をべったりと張りつけている。まだ十代とは思えない色っぽさに、ブリーフの中のジュニアが濃い先走りをジワリと溢れさせた。

「だいじょうぶ、亜美？」

優香も心配そうに立ちあがる。レズ友の顔を覗き込み、手を握った。そのとき、

(え、あれ？)

満也は気がついた。だらしなく開かれた亜美の股のところに、液溜まりができているのを。それは見る間に広がり、一部がベッドから滴り落ちる。

最初は、強烈なエクスタシーに潮を噴いたのかと思った。けれど、すぐにそうではないことを理解する。白い水着のクロッチから、今もチョロチョロと染み出すそれが、薄らと黄色かったからだ。

加えてほんのりと漂う、ぬるくて親しみのあるアンモニア臭——。

(オシッコを漏らしたのか！)

年頃の愛らしい女の子、それも人気絶頂のアイドルが失禁しているのを目の当たりにして、満也は驚く以上に昂奮した。もしも横に優香がいなかったら、すぐにでも襲いかかっていたところだ。

「ちょっと、亜美！」

優香も気づいて呼びかける。

「……え？」

ようやく瞼《まぶた》を開いた亜美は、すぐに自分が粗相《そそう》をしたことに気づいたらしい。焦って起きあがるなり股間を両手でおさえ、真っ赤になってうろたえた。

「お、お願い、このことは誰にも言わないでっ！」

ベソかき顔で懇願されても、満也は茫然とするばかりであった。

3

「まったく、いい年してオシッコを漏らすなんて」

ベッドや床を濡らした尿を雑巾で拭《ふ》き取りながら、優香がなじるようにつぶやく。

「ごめんなさい……」

涙目で肩をすぼめていた亜美は、声を震わせて謝った。ここに来たときの小生意気な態度が嘘のように、すっかりか弱い女の子になっている。

(もしかしたら、あのキャラは作られたものだったのかも)

たまたま粗相をして落ち込んでいるだけとは思えない。クールな外見を活かすべく、KBG49の中でそういうポジションにいただけではないのか。

そして、優香との同性愛関係もタチではなくネコ、つまり攻めではなく受けの立場にいるようだ。現に、後始末をするレズ友を前に、亜美は手を貸すこともできずオドオドするばかりであった。

（けっこう可愛いかも……）

瞳を潤ませ、叱られた仔犬みたいに項垂《うなだ》れる少女が愛らしい。それでいて、無性にいじめたくなるのはなぜだろう。

もっとも、嗜虐心を煽られているのは、優香も同じらしい。

「ほら、いつまでオシッコくさいのを穿いてるのよ？　さっさと脱ぎなさい」

居丈高《いたけだか》な命令に、亜美は「で、でも」と逡巡をあらわにした。

「そこにバスタオルがあるじゃない。先生にお願いしてお借りしなさい」

いかにもアイドルっぽい天真爛漫なキャラクターだった優香が、高飛車に言い放つ。ふたりっきりのときはいつもこんなふうなのだろうか。そばに満也がいることも気にしていない様子だ。

「……すみません。これ貸してください」

ベッド脇の脱衣カゴの中にあったバスタオルを手に取り、亜美が怖《お》ず怖ずと申し出る。

「ああ、かまわないよ」

答えると、彼女はホッとした顔でタオルを腰に巻き、内側に手を入れて水着のボトムを脱ぎおろした。だが、オシッコで湿ったそれをどうすればいいのかわからず、手に持ったまま途方に暮れる。

(亜美ちゃんは今、タオルの下に何も穿いていないんだ……)

ノーパンのアイドルを前に、満也は無性にドキドキしてきた。バスタオルでしっかりガードされた腰まわりを、ついまじまじと見てしまう。

と、視線を感じて床のほうを向けば、優香が訝る眼差しをこちらに向けていた。

(しまった！)

おそらく物欲しげな顔つきをしていたのだろう。邪《よこしま》なことを考えていたのが、バレてしまったかもしれない。

ところが優香は、名案を思いついたという顔でほくそ笑み、亜美に向き直った。

「ね、亜美。そのオシッコくさい水着、先生に洗ってもらったら？」

これには、言われた亜美はもちろん、満也も仰天した。

「え、ど、どうして!?」

驚きをあらわにするレズ友に、優香はしれっとして答えた。

「だって、先生が洗いたそうな顔をしてるんだもの」

思わせぶりな笑みを浮かべられ、満也は頬が熱くなるのを覚えた。そんなことを考えていたわけではないが、アイドルのオシッコが染み込んだ水着に、興味を抱いていたのは事実。それを見透かされたのだろうか。

（ていうか、優香ちゃん、完璧に性格が変わっちゃったな）

タチどころか女王様というふう。今や彼女がこの場の主導権を握っていた。

「ほら、さっさとお願いしなさい」

有無を言わせぬ命令に、亜美も逆らえないらしい。目に涙をいっぱいに溜め、肩を震わせながら濡れた水着を差し出した。

「すみません……これを洗ってください」

「あ——ああ、うん」

受け取ったそれは、当然ながらじっとりと湿っている。重みすら感じられ、満也は脳が沸騰するかと思うほど昂奮した。

「じゃ、じゃあ、洗ってくるよ」

あたふたと診察室を出て、洗面所に向かう。診察室にも流し台があったから、そこで洗ってもよかったのである。けれど、やはり誰もいないところで、手にした「お宝」をじっくりと鑑定したかったのだ。

洗面所に飛び込むと、満也は手にした水着を鼻先に近づけた。嗅ごうとしなくても、親しみのあるアンモニア臭が鼻腔に忍び入ってくる。

（ああ、これが亜美ちゃんの――）

どこかレモンに似たフレーバー。たとえオシッコでもアイドルのものだから、とても貴重でかぐわしい香りに思える。指が濡れるのだって、少しも嫌ではない。

と、鼻奥に引っかかる酸味に気づいて、（あれ？）と思う。湿った水着を広げて確認すれば、秘められた部分が密着していたところに、明らかに尿とは異なる汚れがあった。

（こ、これは！）

そこはベージュ色の布で補強されていた。中心は恥裂に喰い込んでいたらしく、すじ状に盛りあがっている。その淫らな山脈に、透明な粘液が付着していたのだ。

キラキラと光を反射させるそれは、間違いなく発情の証したる愛液。水着の上からも濡れているのはわかっていたが、現物を目にして全身が熱くなるほどに昂奮する。

（ううう、いやらしい）

満也はそこにも鼻を寄せ、アイドルの恥ずかしい匂いを堪能した。

ヨーグルトに似た、悩ましさの強い乳酪臭。それとオシッコ成分が溶け合って、最強タッグを醸成する。これに劣情を煽られない男など、いったいどこにいるだろうか。

（もう我慢できないよ）

満也はズボンの前を開いて勃起を掴み出すと、濃厚なフェロモンを嗅ぎながらしごきたてた。

「くううう」

鋭い快美がからだの芯を貫き、呻きがこぼれる。さっきからずっと昂奮しっぱなしだったせいもあり、たちまち悦楽の頂上が迫ってきた。

「あうう……い、いく」

蕩ける快美に腰椎が砕かれる。満也は青くさい牡のエキスを、洗面台に向かって勢いよく放出した。


洗った水着を手に診察室に戻った満也は、ベッドの光景を目撃して愕然となった。

「ああ、見ないでぇ」

目もとを涙でぐっしょり濡らして嘆くのは亜美。彼女はベッドの上に、こちらを向いて四つん這いになっていたのだ。しかも、腰に巻いていたバスタオルをはずされて。

「だいじょうぶよ。先生の位置からは、亜美のいやらしいところは見えないから」

優香はレズ友の真後ろに立ち、小気味よさげな笑みを浮かべる。彼女の目には、そのいやらしいところがまる見えなのだ。

「先生、こっちに来ないでね。でないと、亜美が恥ずかしくて泣いちゃうから」

いや、もう泣いてるじゃないかというツッコミをする余裕などなかった。正面の位置で、確かに肝腎な部分は見えないものの、目の前に下半身をまる出しにしたアイドルがいるのだ。昂奮するなというほうが無理である。

（いったい何を……？）

彼女たちの意図がつかめぬまま、茫然と立ち尽くす満也に、優香が意味深な笑みを浮かべる。

「先生、亜美の水着は洗った？」

「え？　ああ、ここに」

「どんな匂いがしたのかしら？」

これには返すべき言葉がなく、満也は固まった。

「当然クンクンしたんでしょ？　オシッコの匂いだけじゃなくて、もっとエッチなところも」

「ううう……」

亜美が肩を震わせ、恥辱の涙をこぼす。満也が反論しなかったものだから、恥ずかしい匂いを嗅がれたことを悟ったのだろう。

「だって水着の内側に、亜美のラブジュースがべっとりついてたはずだもの」

「そ、そんなの知らないよ……」

きっぱり断定されたものだから、言い返す口調も弱々しくなる。これでは肯定しているも同じことだ。

(優香ちゃんはいったい——)

どういうつもりなのかと困惑したとき、さらに驚くべきことが告げられた。

「やっぱりね。思ってたとおり、先生はいやらしいひとだったんだわ」

「え、思ってたとおりって?」

「前のときだって、治療なんて言いながら、さんざんわたしにエッチなことをしたじゃない」

言われて、満也は危うく跳びあがるところであった。

「どど、どうしておれがそんなこと——」

「あら、とぼけるんですか? わたし、ちゃんとわかってるんだから。あのとき、たしかに腰や膝の痛みをとってくれたけど、それとは関係ないところまでさわって、わたしをイカせたくせに。しかも、亜美との関係や、わたしがオナニーしてることまで聞き出して」

　治療中のことはすっかり忘れたものと高をくくっていた。しかし、あれはただそういうフリをしていただけらしい。

（なんて子だよ、まったく……）

　さすがトップアイドルだけあって、一筋縄ではいかないのか。満也はすっかり騙されていたようだ。

「それから、あのときの女のひと、成海さんでしたっけ？　わたしがベッドの上でイカされそうになってたとき、下で何かゴソゴソしてましたよね。ひょっとして、わたしのエッチな声に昂奮したものだから、ヌイてもらったの？」

　そこまで見抜かれてしまっては、もはや申し開きなどできない。満也は観念してため息をついた。

「……で、おれにどうしろって？」

　素の光円寺満也に戻って問いかけると、優香は「あら？」と首をかしげた。

「べつに、先生をどうこうしようってつもりはないわ。腕のいいお医者さんなのは間違いないんだから、これからもお世話になるつもりです。色んな意味で」

「色んなって……」

「とりあえず、亜美をお仕置きするのに付き合ってくださいな」

「え、お仕置き？」

「ああ、先生はそこで見ていればいいの」

にこやかに告げ、優香はうずくまるレズ友に視線を向けた。愉しげな表情で、あらわに晒された羞恥帯を見つめる。その瞳は獲物を捉えたケモノのごとく、キラキラと輝いていた。

「どう、男のひとの前で、恥ずかしいところをまる出しにしている気分は」

「お願い……許して」

亜美が涙声で哀願する。

「駄目よ。だって、亜美はオモラシをしたんだもの。そんな悪い子には、お仕置きをしなくちゃいけないわ」

ここに来て、ようやく理解する。亜美がオシッコを漏らしたのは、優香が仕向けたことであるのだと。絶頂した彼女が失禁するクセがあると知っていて、ワザと満也にワイセツなマッサージやテーピングをさせたのだ。

そしてこれは、レズっ子ふたりの淫らなプレイ。辱めを与えられる側も、それによって昂奮を高めているに違いない。

なぜなら、亜美は涙をこぼしながらも、物欲しげにヒップをくねらせている。優香も頬を紅潮させ、表情を歓喜に輝かせていた。

（おれはふたりのプレイに付き合わされているってことか……）

優香の手が、亜美の秘部へとのばされる。「ああっ」と切なげな悲鳴があがった。

4

「こんなにグショグショにしちゃって。やらしい子」

淫蕩な笑みを浮かべ、優香がレズ友の淫唇を指で嬲《なぶ》る。その部分がどうなっているのか、満也の位置からはまったく見えない。おそらく、言葉どおりに多量の蜜をこぼしているのだろう。

「あ、ああっ、いやぁ」

亜美が切なげに嘆き、剥き出しのヒップをプルプルと揺する。男がいる前で辱められ、それでも募る悦びには抗えないふうだ。ひょっとしたら、彼女たちは普段からこういうプレイを愉しんでいるのかもしれない。

「おしりの穴がヒクヒクしてるわよ。気持ちいいのね、亜美」

「い、いやッ、言わないで」

「だって事実なんだもの。ほら、ここ」

「ひいっ！」

アヌスをいじられたらしく、亜美が下半身をビクンと震わせる。

「や、やめて、そこは――」

「亜美はおしりの穴が敏感ね」

「いやあぁぁ」

左右にくねるヒップは、四つん這いになった彼女の頭側から見ても煽情的だ。もしも背後にまわって見物したら、矢も盾もたまらず犯したくなるのではないか。

(この子たち、本当にアイドルなのか？)

AV女優もかくやというほどのいやらしさだ。アイドルを引退したら、そっちの道に進んだほうがいいのではないか。

「ほら、指が入っちゃうわよ」

「イヤイヤ、あ――くうううッ」

亜美が背中を反らし、下唇を噛み締める。同性の指が直腸に侵入したのだ。

「ふふ、第二関節まで入っちゃったじゃない。だらしないおしりの穴ねえ。あ、すごい。いつもよりキュウキュウ締めつけてるわ」

　どうやら指でアヌスを犯すのは、初めてではないらしい。女同士で、なんて破廉恥なことをしているのか。満也は全身が熱くなるのを覚えた。

「やああ、ぬ、抜いてぇ」

　亜美の懇願を、優香はきっぱりと退けた。

「ダメよ。亜美はおしりが感じるんだから、気持ちよくなっているところを光円寺先生に見ていただくのよ」

「そ、そんなことない——あああああッ」

「ほら、こうするともっと気持ちいいんでしょ？」

　優香が手を小刻みに動かす。指を出し挿《い》れしているようだ。

「きゃうううううッ！」

　高く掲げられた亜美のヒップに、ビクッ、ビクンと痙攣が走った。本当にかなり感じているようで、悲鳴をあげながらも表情が喜悦に蕩けている。

（うう、なんてエロいんだ）

　トップアイドルが肛門を攻められてよがるなんて。一度射精してスッキリしたジュニアが、再び血液を集めて膨張する。

「うふ、エッチなおしりの穴ね。だんだんほぐれてきたみたいじゃない」

「や、やめ……あふぅううっ」

「ね、先生。ちょっとこっちに来て」

何かを企む笑みを浮かべた優香に呼ばれ、満也はフラフラと足を進めた。ベッドに四つん這いになった亜美の脇まで近づいたところで、

「そこでストップ」

優香が制止する。相変わらず肝腎な部分を目にすることはできないが、小ぶりなヒップが谷を割り、その狭間に指が入り込んでいるのはわかった。

(本当に挿れてるんだ……)

確認したことで、全身がカッと熱くなる。急激に高まった劣情に、目眩いを起こしそうだ。

すると、優香がアヌスを犯していた指を抜いた。

「はあ――」

亜美が力尽きたように突っ伏したのと同時に、その指が満也の鼻先に突き出される。

(え!?)

しなやかな指はわずかに濡れているだけで、特に汚れらしきものは見当たらない。しかし、軽く鼻を蠢かしただけで、淫靡な匂いが鼻奥にまで突進してきた。

「くう――」

頭の裏側をガンと殴られたような衝撃に、満也はのけ反った。けれどすぐに鼻を戻し、アイドルの秘められた香りを嗅がずにいられなかった。

（す、すごい）

これほどまでに猥雑で、淫らで、ゾクゾクする匂いがあったろうか。破竹の勢いで鼻腔を侵略する美少女の直腸臭に、脳が沸騰するかと思った。

（アイドルのこんな匂いまで嗅いだことのある男は、きっとおれだけだ！）

誰に対してでもなく優越感を覚え、さらにクンクンと鼻を鳴らす。

「な、何してるの⁉」

怯えた声が聞こえる。視線だけをそちらに向けると、亜美が驚愕をあらわにこちらをふり仰いでいた。

「亜美のおしりの中がどのぐらいくさいか、先生に確認してもらっているのよ」

優香が辱める口調で答える。

「い――いやああ、や、やめてぇッ！」

亜美は涙をポロポロとこぼし、身をよじってすすり泣いた。これにも、満也は目がくらむほど昂ぶった。

「ほら、亜美も嗅いでごらんなさい」

優香は指をレズ友の鼻先に差しのべた。

「いやッ」

顔を背けた彼女に容赦せず、しつこく「ほらほら」と指を押しつける。

「あああ、意地悪しないで」

亜美が身も世もなく嘆き、恥辱の涙で頬を濡らす。それを見て愉しげに目を細める優香は、かなりのサディストだ。

(ただのレズじゃないみたいだぞ)

タチとネコなんてレベルではなく、支配する側とされる側の立場が確立しているよう。まさに主従関係か。

「こんなくさいおしりをしている悪い子は、もっとお仕置きをしてあげなくっちゃね」

瞳をキラキラと輝かせ、優香が再び亜美の背後に陣取る。右手を高々と掲げ、勢いよく打ちおろした。

ぱちーんッ!!

肉を叩く小気味よい音が、診察室内に鳴り響く。

「はうううーっ！」

冷酷な折檻《せっかん》を受けた美少女は、歯を喰い縛って背中を弓なりにした。

パンッ、ピシッ、ぱちんッ――。

続けざまに繰り出されるスパンキングが、様々な音色を奏《かな》でる。

「悪い子ね。ほら、こうしてやるっ」

「痛いッ！　いやあ、許してぇ」

「許さないわ。ほら、ほらッ」

「あうううう」

もはやプレイの域を逸脱した展開に、満也は目を丸くして息を呑むばかり。

(何なんだよ、この子たちは……)

しかしながら、これも彼女たちにとっては、ただのプレイに過ぎないのだ。なぜなら、優香は薄ら笑みを浮かべていたし、尻を叩かれる亜美も悲鳴と呻き声をこぼしつつ、表情に恍惚を浮かべている。今にもヨダレを垂らしそうに口許を弛めて。

「うう、う……あふぅうう」

洩れる呻きも艶めいて、このまま叩かれ続けたら、エクスタシーに達するのではないかと思われた。

痛々しくも淫らな光景に、満也の分身も硬くそそり立つ。ズボンの前を大きく盛りあげ、ブリーフの内側を先汁で汚した。

二十発以上もぶちまくってから、優香はようやくスパンキングをやめた。肩で息をしながら、手形の散りばめられたヒップを優しく撫でる。

「こんなに赤くなっちゃって……」

自分がそうしておきながら他人事みたいにつぶやき、身を屈める。あらわに開かれた尻の谷に、鼻面を密着させた。

「きゃふっ」

亜美がのけ反って腰をわななかせる。続いて、ピチャピチャとはしたない舐め音が聞こえてきた。

クンニリングスを始めたのかと、満也は思った。だが、顔の位置からして、ターゲットは秘唇ではなくアヌスのよう。

「やあぁあ、そ、そこぉ」

赤く腫れた臀部がいく度もすぼまり、悩ましげにくねる。感じているのは明らかで、太腿が細かく震えているのがはっきりとわかった。

（おしりの穴を舐められて感じてる——）

水着のトップのみというほぼ全裸に近い姿で、レズ友に恥ずかしいツボミを舐められて身悶える美少女。舐めるほうも下着姿で、おまけにふたりはトップアイドルなのだ。ここまで劣情を煽る眺めが、他にあるだろうか。

と、優香が上目づかいで見あげてくる。挑むような眼差しに、満也は背すじがゾクッとした。

「……先生も舐めたいの？」

問いかけに、反射的にうなずいてしまう。亜美のアヌスを味わいたい気持ちが、胸を衝き上げるほどに高まっていたのだ。

優香は無言で立ちあがると、さっき亜美が腰に巻いていたバスタオルを手に取った。自分も同じように下半身を隠すと、内側に手を入れる。

（まさか——）

予想したのとほぼ同時に、薄布がアイドルの脚をするするとくだった。爪先からはずされたそれは、彼女がたった今まで穿いていたパンティだ。

「亜美、これを穿いて」

「え？」

振り返った亜美は、優香が手にしたものを認めるなり、奪うように受け取った。ずっと恥ずかしいところがまる出しだったから、一刻も早く隠したかったのだろう。

亜美が下着を穿くために身を起こしたとき、ヴィーナスの丘に萌える秘毛が見えた。卵型のそれは綺麗に整えられており、さすがアイドルだと妙なところで感心する。

(あれ、おしりの穴を舐めさせてくれるんじゃなかったのか?)

パンティを穿いて安堵《あんど》の表情を見せた亜美に、満也は落胆した。けれど、すぐに思い出す。優香が穿いていたそれは、おしりに丸い穴が空いていたことを。

「もう一度四つん這いになるのよ」

優香の命令に、亜美は素直に従った。ただ、「こっちに来て」と招かれた満也が後ろにまわると、さすがに何をするのかと身を縮める。

(わあ)

丸みにぴったりと張りつく薄物に胸がときめく。丸く空いたところから割れ目が見えるのもさることながら、ぷっくりした陰部に喰い込むクロッチに、いびつなシミが浮かんでいたのに驚かされた。

(え、これって——)

穿いたばかりでここまで濡れることはあるまい。ということは、これは優香がつけたシミなのだ。

（亜美ちゃんを責めながら、優香ちゃんも昂奮してたんだ……）

スパンキングをしていたときの、生き生きとした表情を思い出す。きっとあのときに違いない。可愛い顔をして、女王様レベルのドSのようだ。

そんなことを悟られたとは気づきもしないのか、優香がパンティの穴に指を引っかけ、クッと引き下げた。

「キャッ」

小さな悲鳴があがり、臀裂がかなり深いところまで晒される。色素が沈着した谷底に、ちんまりと愛らしいアヌスが見えた。

「さ、舐めてあげて」

優香が含み笑いで告げた。

5

綺麗な放射状のシワを刻んだ、可憐なアヌス。薄ピンクのそれが排泄口であるなんて、とても信じられない。しかも、普通ならまず見ることなど叶わないであろう、トップアイドルの恥ずかしい部分なのだ。

「や、ヤダ——ああ、見ないでえ」

亜美が肩を震わせて嘆く。だが、魅惑のツボミはおねだりするようにヒクヒクと蠢き、満也を誘った。

「さ、早く」

優香に促されて顔を寄せれば、彼女が舐めていたそこは、生乾きの唾液が淫靡な匂いを漂わせる。それもまた、童貞の劣情を激しく煽った。

（ああ、亜美ちゃんのおしりの穴——）

身震いするほどの昂奮に包まれ、満也はアイドルの肛門にくちづけた。

「あひッ！」

鋭い声があがり、臀部のお肉がキュッとすぼまる。けれど、満也が欲望のままに舌を戯れさせると、亜美はたちまち乱れだした。

「あぁッ、あ、いやぁああ」

忌避《きひ》の言葉を吐きながらも、破廉恥な穴空き下着に包まれたヒップをくねらせる。貪欲にねぶられる秘肛も、磯の生物みたいにせわしなく収縮した。

「だ、ダメ——あああ、許してえ」

すっかりマゾっ子に成り果てた亜美が、涙声で哀願する。しかし、はいそうですかとやめるつもりなどない。

（ああ、おいしい）

塗り込められた優香の唾液と、肌の甘みによる絶妙なブレンドを味わい、谷間にこもる汗の香りもクンクンと嗅ぐ。すでに指を受け入れていたアヌスは、尖《とが》らせた舌先の侵入も許した。ほじるように舐めてあげると、ツボミが焦った動きで舌を捕まえようとする。

「あふっ、あ、くううう」

悩ましげな呻きにもそそられ、満也はいっそうねちっこくアイドルの肛門をしゃぶり回した。ブリーフの中ではジュニアが熱い先走りをトロトロとこぼし、頭がボーッとなるほど昂奮の極みにあった。

そのとき、予告もなく右手をとられる。

（え？）

脇にいる優香がそうしたのだと、すぐに理解する。ところが、振り返って何をするつもりなのか訊ねるより先に、

「先生は、亜美のおしりの穴を舐めててね。こっちを見ちゃダメよ」

忠告され、満也は尻割れに鼻面を埋めたままうなずいた。

(何をするんだろう……?)

考える間にも、引っ張られた手が斜め下方向に導かれる。そして、指先に毛のようなものが絡みついた。

(こ、これは——)

続いて、温かくヌルッとした感触。それが何かなんて、深く考える必要はなかった。

「あ……くぅうン」

優香が仔犬みたいに啼く。同時に、指がむっちりしたお肉にキュッと挟まれた。

「せ、先生、わたしも気持ちよくして」

声を震わせてのおねだりに、満也は舌をアヌスに深々と突き挿れてしまった。

「きゃううッ!」

亜美が甲高い悲鳴をあげ、ツボミをキュッキュッと収縮させる。だが、そんなことよりも、今は指で触れている部分のほうが大問題だった。

(これが優香ちゃんのオマン——)

目にしたくてたまらなかったものが手中にある。指でそっと探れば、また「ああン」となまめかしい声が聞こえた。

（すごく濡れてる）

掴み所がないほどに、そこは粘っこい蜜にまみれていた。

（ああ、見たい）

けれど、見るなと厳命されている。触れるものを、頭の中で懸命に具象化するしかない。けれど、造りが複雑な上にヌルヌルしているから、少しもはっきりしたかたちにならなかった。

（ああ、どんなカタチなんだろう）

やるせない思いを胸にまさぐり続けると、優香が息をはずませてなじる。

「ねえ、焦らさないで」

形状をなぞる触れかたを、彼女は焦らしていると感じたらしい。仕方なく愛撫の動きに変えようとして、満也ははたと迷った。

（ここって、どういじればいいんだ？）

マッサージやテーピングで女体に悦びを与えることができるのは、からだの奥にある快脈を捉えて刺激するからだ。ところが、性器は感じるポイントが表層にあるため、いつものようにはいかなかった。要は高性能のソナーが、水溜まりではまったく役に立たないみたいなものか。

だいたい、性器に触れて強烈な刺激を与えられるのなら、もっと気持ちのいいオナニーができるはず。それこそ、睾丸が空になるまでやりまくるぐらいに。しかし、そちらはまるっきり人並みの快感であったのだ。

女性器への愛撫は、やはり経験がものを言うのか。童貞の満也には酷な課題であった。

（ええと、たしか感じるところは――）

エロサイトやアダルト雑誌で仕入れた知識をもとに、クリトリスをさがす。ところが手探りだし、おまけにラブジュースですべるから、どこにあるのかさっぱりわからない。

「ああん、どうしたの先生」

優香がもどかしげに腰をくねらせるから、よけいに目標が捉えられない。

彼女にしてみれば、マッサージであれだけ気持ちよかったのだから、アソコを直にさわられたらもっとすごいに違いないという期待があるのだろう。満也をテクニシャンだと信じているわけであり、童貞だなんて想像すらしまい。

（このままじゃ軽蔑されちゃうぞ）

期待に応えなければと焦るものの、経験不足は如何ともし難い。おまけに優香に集中すれば、亜美がこっちも忘れないでというふうに尻穴をすぼめる。まさに二兎を追う者は一兎をも得ずの状況だ。

（くそ……どうすりゃいいんだよ）

半ばヤケ気味に、濡れた女芯に指を突き立てる。すると、偶然にも膣口を捉えたようで、中指が第二関節までヌルリと入り込んだ。

「はうううう」

優香が喘ぎ、柔ヒダで指をキュッと締めつける。すでにセックス経験があるのか、抵抗は示さなかった。

（ＫＢＧは男女交際禁止のはずだぞ）

あるいは枕営業か、それともプロデューサーに手をつけられたのかと義憤にかられたとき、不意に突破口を見出す。

（そうか、このまま中を探ればいいんだ！）

満也は指先に神経を集中させ、まつわりつく媚肉の奥にある「流れ」を探索した。程なく、それを発見する。

「あ、あッ、そこぉっ！」

軽く圧迫しただけで、優香があらわな声をあげた。膣内の恥丘側にあるポイントだ。

（これ、ひょっとしたらＧスポットってやつなのかな）

そこからさらに奥に向かって、快脈が繋がっている。満也は指を限界まで挿入し、粘膜をニュルニュルとこすった。

「くはッ、あ——感じるぅ」

見なくても、彼女が腰をガクガクと揺するのがわかった。ただでさえ感じるスポットが、狙いをはずすことなく的確に攻められているのだ。かなりの悦びを得ていることは想像に難くない。

「あひっ、あ、はあああ、お、おかしくなるぅッ！」

はしたないよがり声をあげた優香が、太腿をギュッと閉じる。その程度の抵抗では、深部に入り込んだ指を抑え込むのは不可能だ。

（よし、ここをこうすれば——）

奥から入り口方向に、指を軽く曲げてかき出すように動かす。すると、内部が著しい蠕動《ぜんどう》を示しだした。

「あああああ、駄目ダメ、い——イッちゃうのぉ!!」

優香が腕にしがみついてくる。「うっ、ううッ——」と絞り出すような呻きが聞こえたかと思うと、手のひらにプシャッと温かなしぶきがかかった。

（え、潮!?）

強烈なアクメの証しをほとばしらせ、脱力した優香はその場に坐り込もうとしたらしい。ところが、くの字に折れた指が女膣にしっかり嵌《は》まっていたものだから、満也の腕に縋ってハァハァと息を荒ぶらせる。

（よし、もっとイカせてやれ）

絶頂の波がまだ引かない状態で、満也はＧスポットを刺激しまくった。

「イヤイヤ、も、もうイッたからぁ」

嘆いても容赦はしない。アイドルのくせになんていやらしいのかと、ファンに代わって折檻するつもりで快楽の罰を与える。

「いいいい――い、イクイクイク、くぅううう！」

激しい痙攣の生じた女体を、オルガスムスの波が包み込む。それでも許さず、満也は指を動かし続けた。

「だ、駄目……あああ、死んじゃう。も、ヘンになっちゃうのぉおおッ！」

淫らな叫びが診察室内にわんわんと響く。それにあわせて、多量の潮が満也の手のひらにビュッビュッと噴きかかった。

「あ、あっ、またイク――くううう、すごいの来るうっ！」

絶頂どころか悶絶というイキっぷり。その間も満也は舌を高速でアヌスに出し挿れしており、亜美の嬌声《きょうせい》も加わって淫らなユニゾンを奏でる。

「あ、あ、お——おしりがいいのぉ」

「イヤイヤ、ま、またイクぅ」

「やああ、熱いぃ。お、おしりの穴がヤケドしちゃうよぉ」

「あああ、オマンコが壊れちゃう」

「きゃう、うッ、感じるのぉ」

「イクイクイクイク、あ、もぉダメぇ」

「ゆ、ゆっちぃ——」

「亜美ぃ……あふっ、ウ——むうううッ！」

最後の力を振り絞って指を抜いた優香が、崩れるように床に倒れ込む。さすがにやり過ぎたかと尻割れから顔を離して見おろせば、彼女は横臥してからだを丸めていた。

「くはッ、は——はぁ」

苦しげに息を荒らげるアイドルは、巻いていたバスタオルがはずれて下半身まる出し。おしりの下には、オシッコ三回分はあろうかという巨大な液溜まりができていた。

(こんなに潮を噴いたのか⁉)

自身の足元にまで広がっているそれに、満也は目を丸くした。右手もぐっしょり濡れており、白っぽい粘液も付着している。潮だけでなく、本気汁も撒き散らしたらしい。

「え、ゆっち⁉」

亜美が振り返り、眉間に深いシワを刻む。

（あ、まずい）

レズ友が辱めを受けたのだ。また高飛車な性格を取り戻し、怒りだすかもしれない。

満也は反射的に、彼女のアヌスを指で深々と貫いた。たった今まで優香の淫窟を犯していたもので。

「きゃうぅううッ！」

亜美がのけ反り、背中を弓なりにする。臀裂が閉じ、ツボミが不埒《ふらち》な指を咥え込んだ。

（うわ、キツい）

血の流れが止まりそうな括約筋の締めつけに、けれど怯んでなどいられなかった。

膣内にGスポットがあるように、直腸内にもそういう性感帯があるのではないか。ましてて、あんなにおしりが感じるのだから。

とっさにそう判断し、指を挿し入れたのである。探ってみれば案の定、膣のある側の壁に快脈を発見する。そこをすっとなぞれば、

「ひぐぅうううッ！」

亜美が喉に詰まった声をあげ、下半身を大きく跳ねさせた。アヌスが焦ったように収縮する。

(よし、これだ)

指の腹ですりすりと撫でてあげると、若い肢体が派手に波打った。

「いやあああぁッ、あ——おしりがヘンになるぅッ！」

6

アヌスを指でほじられ、腸と膣のあいだの快脈を刺激された亜美は、身も世もなくよがり泣いた。

「はひッ、いいいっ、だ——駄目なのぉ」

尻の谷がいく度もすぼまり、ツボミもキュウキュウと指を締めつける。けれどそれは抵抗の反応ではなく、快感の証しなのだ。

(どんどん濡れてくるぞ)

クロッチのシミが見る間に広がってゆく。さらに、こすられる腸内にもヌルヌルしたものが滲み出ていた。それがどういう種類の分泌物かはわからないが、潤滑された指がスムーズに動かせるようになる。

「やあッ、アーーらめえええッ！」

ビクッ、ビクッと、ヒップが感電したみたいに痙攣する。もはや声にもならなくなったようで、亜美は溢れる喘ぎを「うッ、ひぐぅッ」と喉に詰まらせた。

（すごいぞ。おしりでイッちゃうんじゃないか？）

指を突き立てられた秘肛が痛々しくも淫らだ。ふくらみきったジュニアが、ブリーフの中で今にも射精しそうに脈打つ。

そのとき、突然そこを強く握られた。

「うううッ」

亜美より先に自分が昇りつめそうになり、満也は歯を喰い縛って堪えた。

（え、誰ーー）

などと考えるまでもない。当然ながらそれは、もうひとりのアイドルの仕業であった。

「こんなに硬くしちゃって」

高まりをくるんだ指にニギニギと強弱をつけるのは、いつの間に復活していた優香だった。満也の背後から抱きつくようにして、牡の股間を刺激する。

「いやらしい先生ね。治療中に勃起しちゃうなんて」

もっとも、肛門に指を挿れるなんて治療は、端《はな》っから存在しないのであるが。

「ゆ、優香ちゃん、何を――」

「じっとしてて」

優香の手がベルトを弛め、ズボンをずり落とす。さらにブリーフも足首まで脱がされた。

(まさか――)

期待が頂点に達するより前に、あらわになった強ばりにしなやかな指が巻きつく。

「あああ……」

ズンとからだの芯に響くような快感が生じ、満也は腰を震わせて喘いだ。

「ふふ。ビクビクしてる」

含み笑いの声が首すじにかかる。リズミカルに分身をしごかれて、腰と膝が砕けそうになった。

(優香ちゃんが、おれのチンポを――)

どうして女の子の手はこんなに柔らかいのかと、感動せずにいられない。しかも握っているのはトップアイドルなのだ。あまりに気持ちよすぎて、ペニスが根元からポロリと溶けて落ちそうだ。

「ほら、先生は亜美を気持ちよくしてあげるのよ」

優香の囁きにうなずいて、満也は直腸内の指を動かした。

「あひッ、あああ、きゃふぅうううッ！」

亜美のよがり声が甲高くなり、下肢の痙攣が著《いちじる》しくなる。煽情的な反応に惹き込まれ、満也も昇りつめそうであった。

（えぇい、クソ——）

とにかく先に彼女をイカせなければと、指の出し挿れスピードを上げる。クチュクチュと音が立つほどにピストンすれば、亜美はたちまち乱れだした。

「はうう、おしりが熱いー、あ、ああッ、駄目ダメ、イッちゃふぅううっ！」

アヌスに指を挿れられたまま、アイドルが絶頂した。アクメ声を張りあげて、若くてピチピチした肢体が歓喜にわななく。

その瞬間、クロッチに巨大なシミがジュワッと広がった。またオモラシをしたのかと思えば、アンモニア臭は感じられない。どうやら潮を噴いたらしい。

「はあ……ハァ——」

亜美が力尽きたように俯せる。弛んだ肛穴から指が抜け、そこには透明な粘液がベットリと付着していた。

「イッちゃった。さすが先生ね。すごいテクニックだわ」

褒《ほ》めているとも揶揄《やゆ》しているともつかない口調で、優香が言う。手にした牡の猛りを軽やかにしごきたてながら。

(イッたんだ……おしりの穴で)

自分がオルガスムスに導いたのに、とても信じられない。妙な夢でも見ていた気分だ。抜けた指も、本当に彼女の直腸に入っていたのだろうか。疑問を感じつつそっと嗅いでみると、さっき以上に悩ましくて猥雑な匂いがした。

(亜美ちゃんのおしりの匂いだ……)

誰も知らない、アイドルの恥ずかしい匂い。とてつもなくいやらしい秘密を暴いた気になり、満也も急上昇した。

「くはぁ——」

腰をギクギクと揺すり、射精へのカウントダウンを始める。ところが、無情にも手がパッとはずされた。

「え⁉」

振り返ると、優香は挑むような笑みを浮かべていた。

「先生もイキたくなってるのね」

言われて、満也は肯定も否定もできず、情けなく顔を歪めた。ペニスも不服そうに反り返り、焦れた先走りをトロリと溢れさせる。しかし、

「だったら、亜美の中に出してあげて」

これには驚愕せずにいられなかった。

（亜美ちゃんの中って……じゃあ、セ、セックスを⁉）

夢見た初体験が迫っていると悟り、満也は舞い上がった。しかも、相手はとびっきりキュートなアイドル美少女なのだ。

「ほら、亜美。起きて」

優香が穴空きパンティに包まれたヒップをピシャリと叩く。亜美は「うう」と呻き、ノロノロと身を起こした。

見れば、優香はまだ下半身を晒したままであった。ブラジャーのみのほぼ全裸体。むっちりしたヒップを目にするなり、満也は彼女に襲いかかりそうになった。それだけ昂奮していたのだ。

促されて床におりた亜美は、ベッドに上半身だけをあずけるように命じられた。突き出したくりんと丸いヒップを、居心地悪そうにモジつかせる。濡れたクロッチがアソコに貼りついて気持ち悪いのだろう。

「さ、ここよ」

優香がまたもパンティの穴空き部分を下にずらす。そこからやや赤みを帯びたアヌスが覗いたのに、満也はきょとんとなった。

「えと……そこに挿れるの?」

怖ず怖ずと訊ねれば、「当たり前じゃない」と即答される。

「亜美はバージンなんだからね。そう簡単にエッチさせるわけにはいかないわよ」

言ってから、優香は手のひらに唾液をクチュッと垂らした。それを満也のジュニアに塗り込め、ヌルヌルと摩擦する。

「うああっ」

危うく爆発しそうになり、満也はのけ反ってだらしない声をあげた。

「ほら、亜美もおしりを開きなさい。ちゃんと挿れてもらえるようにお願いするのよ」

レズ友の命令に、亜美は細い肩をビクッと震わせた。それでも、とおに覚悟はできていたのか、後ろに回した手で尻肉をぱっくりと割り開く。

「……お願いします。ここに先生のオチンチンを挿れてください」

卑猥《ひわい》なポーズでのおねだりに、満也は頭がクラクラするようだった。

(じゃあ、おれは童貞を亜美ちゃんのおしりの穴に捧げるのか)

初体験がアナルセックスというのはいかがなものか。だいたい、それで童貞を卒業したことになるのだろうか。

ためらわないではなかったものの、何しろ相手はトップアイドルだ。性器も肛門も関係ない。ひとつになれるだけでも光栄だという気になる。

「じゃ、じゃあ――」

満也は鼻息も荒く亜美の真後ろに進んだ。強ばりきった分身の根元を握り、尖端を可憐なツボミへ押し当てる。

「あん……」

亜美が小さな声を洩らし、放射状のシワをキュッとすぼめた。

(本当に入るのかな？)

ぴったりと閉じられたそこは、侵入を固く拒んでいるかのよう。それでも、少しずつ力を加えると入り口を開いてゆく。唾液の潤滑のおかげもあり、亀頭が徐々に沈み込んでいった。

「あ、あッ――」

亜美の焦った声が聞こえたところで、くびれまでがヌルリと入り込む。

「きゃふぅッ！」

甲高い悲鳴があがるなり、アヌスがくびれをキュッと締めつけた。

「うおお」

満也がのけ反って呻いたそのとき、
バタン——ッ!

診察室のドアが開く。ギョッとしてそちらを見れば、鬼の形相の成海がいた。

「……こ、このっ、ケダモノがぁっ!」

叫んだ彼女が勢いよくダッシュしてきたのに、満也は慌てた。

「ちょ、ちょっと成海さん、ストップ‼」

「問答無用ッ」

冷徹に言い放った成海のドロップキックが、満也の胸もとに炸裂した。


「わたしは止めたんですけど、先生が無理やり亜美を——」

優香がベソベソとしゃくりあげながら訴える。もちろんウソ泣きなのだが、満也は何も反論できなかった。なぜなら、成海にボコボコにされて床に転がり、激痛で呼吸もままならない状態であったから。

「ごめんなさいね。ウチの先生って腕はいいんだけど、可愛い女の子を相手にするとつい見境がなくなっちゃうのよ。何しろ童貞なものだから」

「え、ホントですか⁉」

優香が驚きの声をあげる。満也がチラッと視線を向ければ、アイドル少女がこちらに軽蔑の眼差しを向けていた。

（クソ。悪いかよ、童貞で）

けれど、ほんの短い時間でも亜美と結ばれたのだ。もう童貞ではない——と主張しようにも、アヌスに先っぽが入っただけでは、さっぱり説得力がなかったであろう。

「ええ、そうなの。ホント、困っちゃうわ。亜美ちゃんもごめんね」

「あたしはもうだいじょうぶです。野良犬に咬《か》まれたとでも思えばいいんですから」

すでにクールなキャラクターを取り戻していた亜美が、気丈な台詞《せりふ》を口にする。自らアナルセックスをおねだりしたとは信じられない変わりようだ。さすが生き馬の目を抜く芸能界で生きているだけのことはあると、満也は妙なところで感心した。

（あーあ、これじゃおれが何を言ったって信じてもらえないよな）

それに、もともと成海はＫＢＧ49のファンというか、信奉者なのだ。優香と亜美の側に立つに決まっている。

（しかし、成海さんはどうしていつも、いいところで邪魔をするんだ？）

以前にもこんなことがあったのだ。ひょっとしたら、診察室に隠しカメラか盗聴器を仕掛けているのだろうか。

「今回は迷惑をかけちゃったわね。次からはあたしがしっかり先生を見張るから、また来てくれるとうれしいんだけど」

「ええ、もちろん。成海さんがいてくだされば心強いですし」

優香が笑顔で答えたのに、成海が「よかった」と安堵する。けれど、レズっ子アイドルの目があやしくキラめいたことには、まったく気づかなかったようだ。

(またひと騒動ありそうだぞ)

満也は不安と痛みに顔をしかめた。

第三章　姉弟合体!?

1

（ああ、一度でいいから、こんな子からお兄ちゃんって呼ばれてみたいなあ）

　大学をサボり、借りてきた妹もののエロＤＶＤを観賞しながら、今日も自家発電真っ最中の満也である。いっちょまえなのは妄想だけ。相変わらずの最低っぷりだ。

　残念ながら彼はひとりっ子で、妹などいない。また、仮にいたとしても、こんなダメ兄貴をお兄ちゃんと呼んでくれるわけがない。心から蔑《さげす》まれて、兄妹の縁を切られるのが関の山だろう。

『あンあン、お兄ちゃんのおっきい。マミのオマンコ、壊れちゃうよぉ』

『きゃふぅ、すごいぃ。オチンポが奥まできてる。も、ダメぇ』

『お兄ちゃん、お兄ちゃん……マミ、イッちゃうぅ！』

　ロリータ女優のあどけなくもワイセツな台詞に煽られて、いよいよ快感が最高潮に達する。満也は慌てて左手をのばし、激情のミルクを受けとめるティッシュをボック

スから引き抜こうとした。そのとき、

ピンポーン――。

玄関の呼び鈴が、不愉快かつ無粋な音を奏でる。

(チッ、誰だよ。いいところなのに)

今日は予約が入っていないから患者ではない。成海なら呼び鈴など鳴らさず入ってきて、今ごろ満也を罵倒して蹴りをいれている。

ともあれ、重要な訪問者ではない。新聞か宗教の勧誘がいいところだろう。無視してオナニーを続行しようとしたものの、まるでそれを見抜いたかのように、続けざまにピンポンピンポンポンと鳴らされた。

「くそ。おれの唯一の愉しみを奪うんじゃねえよ」

憤慨しつつもやむなくズボンを引っ張りあげ、満也は自室兼診察室を出て玄関に向かった。古いガラス戸を乱暴に開け、

「はい、どちら様!?」

刺々《とげとげ》しい口調で告げたところで動きが止まる。

「あ、あの、西荻成海がこちらに――?」

怯えた口調で訊ねたのは、フリフリのミニドレスをまとった少女であった。

白とピンクを貴重とした衣装は、アイドル歌手でも着ることをためらいそうな愛らしすぎるデザイン。サラサラのショートヘアにちょこんと乗っかったカチューシャもフリル付きだ。白のオーバーニーソックスとスカートのあいだには、絶対領域と一部で呼ばれるナマ太腿が覗いている。これでエプロンでも着けていれば、秋葉原のメイド喫茶が相応しい。

そういう派手な身なりにもかかわらず、満也がドン引きしなかったのは、その子がナマ唾を呑み込んでしまうほどの美少女だったからだ。それこそ、たった今まで観賞していたエロDVDのロリ女優が、色褪《いろあ》せて霞んでしまうぐらいに。

歳は十代後半ぐらいだろうか。ぱっちりお目めは半月型で、長い睫毛《まつげ》が黒目がちな印象を与える。小さな鼻に淡いピンクの頬、キスをねだるみたいにぷっくりした唇もキュートだ。

（え、誰？）

当然ながら見覚えはない。ひょっとして空から舞い降りた天使なのかと考えかけたところで、彼女が成海の名前を口にしたことにようやく気がつく。

「君、もしかして成海さんの？」

身内なのかと訊ねれば、美少女が嬉しそうに瞳を輝かせた。

「はい、妹です。西荻ヒロミといいます」

ペコリと頭を下げた彼女に、満也は（嘘だろ）という思いを隠しきれなかった。

（この子が、あの成海さんの妹だって⁉）

たしかに成海は美人だし、スタイルもいい。けれど、すぐに手の出る暴力的なところと、目の前にいる少女のいかにも気弱でおとなしそうな面差しを比べると、ギャップがあまりに著しかった。

だからつい、

「本当に妹なの？」

と、疑ってしまったのだ。

「あ、あの……いちおう」

ヒロミはなぜだかオドオドして答えた。

「え、いちおう？」

「あの、血の繋がりはないんです。ワタシの父とお姉ちゃんのお母さんが再婚して、それで姉妹になったものですから」

そういうことかと、満也は納得した。義理の姉と妹なら、性格が違って当然だ。それに、成海がスマートでクールな美貌を誇るのに対して、ヒロミは小さな愛玩動物系。

外見のタイプも異なっている。

「君、いくつ？」

「え？　ああ……十八歳です」

「高校生？」

「いえ、卒業しました。今は予備校に通ってます」

それなら淫行にならずに済むと、童貞の分際で先走ったことを考える。何しろ射精直前でオナニーを中断させられたところに、こんな可愛い女の子の訪問を受けたのだ。すっかり頭の中が桃色に染まっていた。

「成海さんに用事なの？」

「ええ、ちょっと。実はワタシ、お姉ちゃんに会うために信州《しんしゅう》から上京したんです」

「え、成海さんの田舎って信州だったんだ」

「はい。お姉ちゃんは、あまり家に帰ってきませんけど」

「ふうん、そっか。あ、成海さんは、今日はまだ来ていないんだ。よかったら中で待つかい？」

「はい、もしよろしければ」

「ひひひ。もちろんけっこうですとも」

満也がじゅるッとヨダレをすすりながら答えると、ヒロミは気味悪そうに眉をひそめた。それでも素直に玄関の中に入る。

（よぉし。ここは長旅で疲れてるだろうからってマッサージをして、その気にさせてやれば――）

早くも満也は、年下の美少女を頭の中で裸に剥き始めていた。ブリーフの中で猛りっぱなしのジュニアも、主人に同調して期待のヨダレを滲ませる。

ところが、診察室のドアを開けたところで仰天する。何と、さっきまで観ていたエロＤＶＤが再生したままであったのだ。

『ああん、オチンポおいしいよぉ』

ふたりの男優に挟まれたロリ女優が、二本のペニスを握って交互にしゃぶる。モザイク付きとは言え、あまりに卑猥な映像だ。

「ここここ、ここはダメっ！」

満也は焦ってドアを閉めた。

「え？」

ヒロミはきょとんとしている。幸いにも、テレビの音声を聞かれずに済んだようだ。

「成海さんの部屋に案内するから。さ、こっちに――」

彼女を連れていったところは院長室。もともと祖父である光吉の部屋であったが、今は成海が書斎代わりにしていた。

「今、コーヒーを持ってくるから、ここで待っててよ」

「あ、すみません。おかまいなく」

恐縮するヒロミを残して、満也は診察室に戻った。DVDを停止してテレビを消し、ホッとひと息つく。

(危なかったな……)

あれを見られたら、さすがに逃げられただろう。せっかくのチャンスをフイにするところであった。

とにかくここは慎重にと気を引き締め、インスタントコーヒーを用意する。ケーキのひとつも添えれば点数を稼げるのだが、あいにくそんな洒落たものはない。

とりあえずあとはトークで誤魔化して、マッサージに持っていこう。あそこにはソファーもあるし、快脈を刺激することができればこっちのものだ。

これからの都合のいい展開を思い描き、ぐふふと下卑た笑いをこぼす。浮き浮きした足取りで院長室に向かい、満也はドアをノックした。

しかし、返事がない。

（あれ？）

まさか逃げられたのかと急いでドアをあければ、何とヒロミは応接セットのソファーで横になり、クークーと寝息をたてていた。

（本当に疲れてたんだな）

目を閉じたことで睫毛の長さがいっそう際立つ。愛らしい寝顔に胸をときめかせつつ、満也は足音を忍ばせて彼女に近寄った。

ふわ――。

真上で身を屈めると、甘ったるいかぐわしさがたち昇ってくる。

（ああ……女の子って、どうしてこんなにいい匂いがするんだろう）

うっとりしながら、ヒロミの全身を舐めるように観察する。彼女は坐った姿勢から身を横たえていた。両脚を垂らしてからだを丸め、短いスカートに包まれたヒップを突き出した格好だ。太腿の裏側が付け根近くまで見えている。

（ひょっとしたらパンツも――）

ワクワクしながら覗き込むと、股間に喰い込む白い布が見えた。かなりのモリマンなのか、クロッチ部分がぷっくりしている。

（うおお、なんてエロいんだ）

さっき観ていたＤＶＤと比べれば、何てことはないパンチラである。それでも映像と現実では、現実のほうが何十倍もエロチックだ。

おまけに、触れることだってできる。

(もうちょっと——)

満也はフリルいっぱいのスカートの裾を摘まむと、ヒロミを起こさないようにそろそろとめくり上げた。

(うう、これは可愛いぞ)

くりんと愛らしいヒップに張りついたパンティには、苺《いちご》が散りばめられていた。いささか子供っぽいデザインだが、十八歳のあどけない美少女にはお似合いである。

「ん……」

ヒロミが小さな声を洩らし、おしりの筋肉をキュッとすぼめる。寒さを感じたのかもしれず、満也は慌ててスカートをおろした。

(起きたかな?)

ソファーの陰に身を隠し、息をひそめる。幸いにも、彼女は目を覚まさなかった。

(危なかった……)

安堵のため息をつき、再びヒロミの前に立つ。しかし、ただ黙って見ているだけでは面白くない。

（これはもう、さっさと昂奮させたほうが手っ取り早いな）

眠っているあいだに快脈を刺激すれば、淫夢でも見ていやらしい気分になるだろう。とにかく濡れさせればこっちのものだ。

童貞らしい短絡的な考えを、満也は行動に移した。あらわになっている太腿の裏に、そっと指先を這わせる。

「ンふ」

ヒロミが吐息をこぼし、腰をピクンと震わせる。彼女の快脈はすぐに見つかった。

（よし、ここだ）

指を縦方向にすー、すーッとすべらせると、たちまち顕著な反応が現れる。

「あ……んうぅ、くふ」

喘ぎが洩れ聞こえ、横臥した肢体がくねりだす。両腿が擦りあわされ、ヒップがさらに突き出された。スカートも自然とめくれ、苺パンツがまる見えになる。

（いいぞ、いいぞ）

さらにねちっこく快脈を辿れば、ヒロミは眉間にシワを刻んでよがりだした。

「あう、ン――くううう、あはぁ」

ビクッ、ビクンと下半身がわななく。息づかいが荒ぶり、頬に赤みがさした。尻の割れ目が苺パンツを挟み込み、いく度もすぼまるのがいやらしい。

（きっともう濡れてるぞ）

陰部を確認しようとしたとき、ヒロミが不意に寝返りをうった。仰向けて脚を大きく開き、パンティの股間を大胆に晒す。

（え——!?）

満也は目を見開き、訳がわからず固まった。彼女の中心が、不自然に大きく盛りあがっていたからである。

2

（これって……アレか!?）

愛らしい苺パンツを隆起させるのは、明らかに女性のそこにあってはならないものだ。ということは、ヒロミは女ではないということになる。

つまり、男——。

（いや、まさか！）

こんなに可愛いのに、そんなはずがない。声だってオカマみたいなハスキーボイスではなく、間違いなく女の子のものだった。

だいたい、カノジョは成海の妹だと自己紹介したではないか。

そうやって混乱する満也をよそに、ヒロミはクークーと心地よさげな寝息をたてる。快脈を刺激した名残で頬の赤みが残っており、胸がきゅんとなる愛らしい寝顔だ。時おり口許がモゴモゴと動くのは、何か夢でも見ているのだろうか。

夢を見るレム睡眠時には、男であればペニスが勃起する。起きたときにもそうなっているのが、いわゆる朝勃《あさだ》ちだ。そして、ヒロミの高まり部分も睡眠時の反応を示し、ビクビクと脈打っているようなのである。

（やっぱりこれって——）

男のシンボルたるペニスなのか。

穿いているのが小さな下着だから、ウエストのゴム部分が浮きあがっている。よくよく観察すれば、隆起の頂上にポツリとシミができていた。先走りがこぼれているのだろうか。女性であればクロッチが濡れるはずなのに、そちらはただぷっくりふくらんでいるだけで、まったく変化が見られない。

これはもう、完全に男ということになる。つまり女装少年。俗に男《おとこ》の娘《こ》と呼ばれる存在のようだ。

（マジかよ。こんなに可愛いんだぜ）

股間の隆起を目にしているのに、まだ信じられなかった。しぐさや言葉づかいも可憐だったし、ヒロミ以上にキュートな女の子を見つけるほうが難しい。

そして、他の部分は完全に美少女で、性器のみ牡の特徴を表しているヒロミに、満也はいつしか抗い難い情動を抑えきれなくなっていた。カノジョがとてつもなくエロチックな存在に見えてきたのだ。

これが、いかにも男っぽいヤツが女装していたのなら、嫌悪と吐き気しか覚えなかったであろう。しかし、股間のふくらみを目にするまで女の子だと信じきっていたぐらいだ。ヒロミの女装はパーフェクトで、それこそ、こんなに可愛いのなら男でもかまわないという気にさせられる。

（――って、何を考えているんだよ、おれは⁉）

それではまるっきりホモではないか。慌てて胸に燻《くすぶ》る情欲を否定しようとしたものの、あられもない姿のカノジョを目にすると、理性がくたくたと弱まってしまう。

（いや、違うんだ。まだこの子が男だって確証が持てないから、ヘンな気持ちになっちゃうんだよ）

自らに苦しい言い訳をし、はたと気がつく。だったら、本当に男なのか確認すればいいではないか。

(そうさ、あくまでも男かどうか確かめるだけなんだ。決していやらしい気持ちでするんじゃないんだからな)

そんなふうにいちいち自分に言い聞かせるのは、結局のところいやらしい気持ちになっているからだ。ともあれ、満也はすうと深呼吸して気持ちを落ち着かせ、事実解明に乗り出した。

一番手っ取り早い方法は、パンティをめくってペニスを確認することである。けれど、それがためらわれたのは、確たる証拠を目にしても尚、悪戯《いたずら》したい気持ちになりそうだったからだ。実際、ヒロミのペニスをしごいて射精させたいという、あやしい衝動がこみ上げていたのである。

肝腎な部分は後回しにして、体臭から確認する。起こさないように注意深く、胸もとや首のあたりでクンクンと鼻を蠢かせば、さっき嗅いだ以上に甘ったるい香りが、鼻腔をいっそう悩ましくさせた。快感を与えられて、寝汗をかいたのかもしれない。

(こんなにいい匂いの男なんているかよ)

コロンや香水の類いではない。カノジョ自身の体臭だ。洩れる吐息を嗅げば、そちらも甘ずっぱい果実臭であった。

匂いだけで幻惑されそうになる。さすがにここは男くさいだろうと、満也は思い切って股間の周囲を嗅いでみた。

(うわあ……)

不快な成分はまったくない。甘ったるさがより強くなり、そこに混じる蒸れたすっぱみも官能的。頭がクラクラするようだ。

(これ、絶対に男じゃないって)

いや、これなら男でもかまわない。可憐なパンティに浮かぶ勃起のシルエットすら、たまらなくエロチックに感じられた。いっそしゃぶりつきたくなる。

いよいよ危ない世界に足を踏み入れそうになったところで、満也はふと思った。

(待てよ。両性具有ってことも有り得るかもしれないぞ)

男女両方の性を持った存在。ふたなりとも呼ばれる、ペニスの生えた女の子。そのほうが納得できる気がした。

(突然ペニスが生えてきちゃったから、お姉ちゃんに相談しにきたのだとか。モヤモヤしたら大きくなるし、これじゃパンツも穿けないって。そのほうがずっと萌えるぞ)

頭の中で勝手にストーリーを組み立て、悦に入る。それに、元が女の子なら、あれこれ悪戯しても差し支えはないはずだ。

(ペニスをしごいてあげたら、きっと恥ずかしがるだろうな。『いやあ、どうしてこんなに気持ちいいの』って。それで、『イヤイヤ、何か出ちゃうよぉ。ああん、イッちゃう』なんて可愛い声をあげて、びゅるびゅる射精しちゃうんだ)

想像するだけで我慢できなくなり、満也はとうとうヒロミの高まりに手をのばした。パンティの上から包むように指を折れば、逞しい硬さと脈動が伝わってくる。大きさは、自分のものよりいくぶん小さめだろうか。

(うわあ、ガチガチだよ)

他人のペニス、それも勃起したものに触れるなんて初めてだ。けれど美少女(?)のものだから、少しも嫌悪が湧かない。むしろ愛しさが募り、感じさせてあげたくなる。だから布越しに強く握り、すりすりとしごいてあげたのだ。

「あん……」

小さな声を洩らしたヒロミが、腰をピクリと震わせる。半開きになった唇から、切なげな喘ぎがこぼれた。

その反応が満也の劣情を燃え上がらせる。

(ええい、男の娘でもふたなりでも、どっちでもかまうものか)

童貞をこじらせて変態街道まっしぐらの満也は、鼻息も荒く苺パンツを毟《むし》り取ろうとした。そのとき、いきなり部屋のドアが開く。

「え――⁉」

まさかと案じて振り向けば、そこにいたのはやはり成海。目を見開いて固まった彼女の目には、ソファーで眠る美少女に、満也が狼藉を働こうとしていると映っただろう。

「……あ、あんたってヤツは、性懲りもなくまた――」

成海の表情がたちまち険しくなる。眉間に深いシワが刻まれ、目と眉が急角度に吊りあがった。

「ち、違うんだ。これは」

焦って言い訳しようとしても、怒り心頭の彼女を制止することは不可能だった。

「問答無用！」

冷淡に言い放った成海の真空飛び膝蹴りが、満也の頬に炸裂した。

「この婦女暴行魔、女の敵、性欲の権化《ごんげ》！」

床に転がってうーうーと呻く満也を見おろし、成海は苛立ちをあらわに罵った。ソファーの美少女がパンティまる出しのままなのに気づくと、急いでスカートをおろしてあげる。頭に血がのぼっていたからだろう、カノジョの股間のふくらみには気づかなかったようだ。

「だ、だから、誤解だって」

満也が涙目で訴えても、もちろん聞く耳など持たない。

「言い訳無用。あんたなんか一回死ねばいいのよ。ううん。百万回死になさい。こんな可愛い女の子を毒牙にかけようなんて、ひょっとして睡眠薬でも盛ったの？」

「違うよ。疲れていたみたいで、いつの間にか寝ちゃってたんだ」

「だからって悪戯していいわけないでしょ」

「それは――ていうかこの子、成海さんのお客さんなんだけど」

「え？」

ソファーで寝息をたてる少女を見おろし、成海は目をぱちくりさせた。

「こんな子知らないわよ」

「成海さんの妹だって言ってたけど」

「はあ？　あたしに妹なんか――」

そのとき、ヒロミがぱっちり目を開ける。ふわぁと大きなあくびをしてから、そばに佇む成海に気がついた。

「あ、お姉ちゃん」

嬉しそうに呼ばれて、成海はかなり面喰ったようだ。

「いや、だからあたしに妹なんて――」

しかし、次の瞬間顔色が変わる。

「あああ、あんた、ひょっとして裕巳《ひろみ》!?」

驚愕をあらわにした成海に、ヒロミは身を起こすとニッコリほほ笑んだ。

「うん。来ちゃった」

「来ちゃったじゃないわよ。あ、あんた、どうしてそんなカッコしてんのよ!?」

「だって、お姉ちゃんが弟なんていらないって言ったから」

「だからって――」

「あの、話がまったく見えないんだけど」

満也が口を挟むと、成海はバツが悪そうに顔をしかめた。

「この子は妹なんかじゃないわ。だって男なんだもの。まあ、いちおう弟ってことにはなるけど」

歯切れの悪い説明に、満也は「いちおうって？」と首をかしげた。

成海が渋々説明したところによると、カノジョ――彼は中野《なかの》裕巳。本人が最初に言ったとおり、親同士の再婚によってきょうだいになったとのことだった。

「でも、あたしは再婚に反対だったの。今さら家族が増えるなんてウザったいだけだし、弟も欲しくなかったから」

成海の実の父親は、余所《よそ》に女をつくって家を出たという。そのせいで彼女は男性不信になり、男の家族が増えるのが我慢ならなかったらしい。

（じゃあ、その男性不信のせいで、おれにも厳しく接してたのかも）

自身の自堕落さを棚に上げ、満也はうんうんと納得した。

「だからあたしは、今でも母の旧姓を名乗ってるの。新しい父親の姓に変わるのなんてまっぴらだから」

「あれ？　だけど、ヒロミちゃんは最初西荻って――」

「ごめんなさい。苗字が違ったら、妹だと信じてもらえないと思って」

ヒロミが目を潤ませて謝る。守ってあげたくなる愛らしさに、満也は自然とカノジョの肩を持った。

「つまり、弟じゃ成海さんに受け入れてもらえないから、妹になったんだね」

「はい。ワタシはお姉ちゃんが大好きだから、早くきょうだいだって認めてもらいたいんです」

「冗談じゃないわよ。女の子の格好をすればいいってものじゃないわ。こんなヘンタイみたいなの、よけいにお断りだからね」

成海に冷たく拒絶され、ヒロミは泣きそうになった。ここまで完璧な美少女に変身するため、かなりの努力を要したに違いない。それが報われないのは可哀想だ。

(成海さんも意地を張らないで、ヒロミちゃんを受け入れてあげればいいのに)

何しろ、こんなに可愛いのだから。

3

「とにかく、こんなオカマ野郎が身内なんて、あたしは絶対に認めないからね!」

成海の辛辣《しんらつ》な発言は、ヒロミをさらに落ち込ませたようだ。潤んだ瞳から、涙の雫がポロリと落ちる。

「お姉ちゃん……」

悲しみに肩を震わせる男の娘を、満也はどうにか助けられないかと思った。

「ヒロミちゃんはオカマとは違うんじゃないかな。おれも男だってわからなかったぐらいだし。ここまで可愛い子は、本物の女の子にだってなかなかいないよ」

フォローしたつもりだったが、かえって成海の怒りを買ってしまったらしい。

「だったらどうだって言うのよ⁉　男であることに変わりはないじゃない。オカマでないんなら、女装趣味のヘンタイよ！」

取りつく島もなく喰ってかかられ、言葉を失う。親の再婚に反対し、家にも寄りつかなかったぐらいだ。そう簡単にはヒロミを受け入れられないのだろう。

「ヘンタイは言い過ぎだよ。ヒロミちゃんは、成海さんに受け入れてもらおうと思ってこういうカッコを――」

「そんなの、こいつが勝手にしたことじゃない。それとも何、あんたはこんなオカマを受け入れられるの？　童貞のくせに、こいつとヤレるの⁉」

相変わらず尊大な言い回しにカチンときて、満也もムキになってしまった。

「や、ヤレるよ！」

言ってから（しまった）と思ったものの、すでに遅かった。

「あ、そ」

成海が小馬鹿にした笑みを浮かべ、挑むように睨んできた。

「だったらヤッてみなさいよ。そうしたら、裕巳のことを家族だって認めてあげてもいいわ」

（うう、とんでもないことになったなあ）

自らが蒔《ま》いたタネとは言え、無茶な課題を背負込んでしまった。診察室に三人で移動するあいだも、満也はずっとどうすべきかを考えていた。

ヒロミのあられもない姿に欲情し、一時は男でもかまわないという気にさせられたのは事実である。しかし、いざ何かしろということになると、戸惑ってしまう。

（ヤルったって、何をどうすればいいんだよ？）

男同士のセックスなど、やることはひとつだろう。だが、ヒロミのアヌスを犯すのはさすがに抵抗がある。

結局答えが出ぬまま、診察室に到着した。

「さ、お手並みを拝見させてもらうわ」

成海がデスクの椅子にどさっと腰をおろす。高みの見物を決め込むみたいに腕組みをした。

一方、ヒロミのほうは不安げな面持ちだ。それはそうだろう。カノジョは成海に受け入れてもらいたいがために、女の子の姿になっているのだ。同性愛というわけではない。それなのに、今日会ったばかりの男と「ヤル」ことになったのだから。

ところが、その怯えた表情がまたそそるのだから、困りものである。

（こんなに可愛いのに、成海さんは何とも思わないんだろうか……）

きょうだいとして認めたくないのはわかるとしても、この「美少女」にまったく心が動かされないのは、人としておかしいのではないだろうか。

（いや、待てよ。さっきみたいにヒロミちゃんが悶えているところを見れば、成海さんも気が変わるんじゃないか？）

男の子のシンボルをギンギンにしても、ヒロミは女の子にしか見えなかった。あれを目にすれば、成海もユニセックスのエロティシズムに魅せられるのではないか。

もはやそれに賭けるしかない。満也はこれからの展開を頭の中で組み立てた。

そして、ヒロミに歩み寄る。

「心配しなくてもいいよ。悪いようにしないから、おれにまかせて。きっと成海さんに認められるようにしてあげるから」

成海に聞こえないように囁くと、ヒロミは「はい……」と弱々しくうなずいた。心配そうに瞳を潤ませるのが愛らしく、満也の胸がまた高鳴る。

「じゃ、服を脱いで」

「え？」

「最初にマッサージをしてあげるから。あ、下着はつけたままでいいよ」

「……わかりました」

ここは味方になってくれた満也に頼るしかないと、覚悟を決めたらしい。唇をキュッと引き結び、ドレスを脱いだ。

さすがにブラジャーは着けていなかったが、第二次性徴期《だいにじせいちょうき》のティーンが愛用するようなハーフトップで、ヒロミは胸を覆っていた。あとは苺のパンティにオーバーニーソックスという格好でベッドにあがる。

（やっぱり、全然男に見えないよ）

ボディラインがあらわになっても、ヒロミの美少女っぷりは完璧だった。色白で綺麗な肌は体毛がまったく目立たない。筋肉質でもなく、思春期の少女っぽい柔らかさが見た目にも感じられた。

胸はさすがにぺったんこだ。しかし、それすらロリータの危うさを象徴するようで、むしろドキドキさせられる。今はペニスも縮こまり、そこはわずかに盛りあがるだけ。ヴィーナスの丘のふくらみにしか見えない。

「嘘……」

成海のつぶやきが聞こえる。義弟が丸っきり女の子にしか見えないことに、彼女も驚嘆しているのだろう。それこそ、恥ずかしそうに頬を染め、ベッドに横になるところもサマになっていた。

「最初は俯せになって」

満也が告げると、ヒロミは素直にヒップを上に向けた。苺パンツに包まれた丸みは、小ぶりながらくりんとして愛らしい。

(じゃ、いっぱい気持ちよくしてあげるからね)

心の中で告げ、腰に両手を添える。最初はごく普通のマッサージから始めた。

「どう?」

訊ねると、「あ、気持ちいいです」と、うっとりした返事がある。そうやって安心させてから、満也は徐々に快脈を刺激した。腰の下側、背骨の左右にあるそれを、なぞるのではなく圧迫する。それにより、悩ましさの強い快感が得られるはずだ。

「あ……んぅ」

ヒロミの声がわずかに色めく。ヒップがもどかしげにくねった。

(可愛いおしりだなあ)

男であるとわかっても昂奮させられる。その趣味の男ならイチコロだろう。

腰の次は太腿。ソックスに包まれていない絶対領域部分を揉みつつ快脈をさぐり、今度は強くなぞった。

「きゃふぅうーッ！」

甲高い嬌声が診察室内に響く。これには、成海が色めきたった。

「ちょっと、あんまり酷いことしな――」

腰を浮かせて言いかけたものの、ハッとして口を閉ざし、しかめっ面で坐り直した。

おそらく、いつものように満也のワイセツ行為を咎める心境になったのだろう。

(それだけヒロミちゃんが女の子に見えているわけで、心配になったんだな)

いい傾向だぞとほくそ笑みながら、エロマッサージを続ける。

「あ、あっ、はううう」

ヒロミが身悶え、あどけないヒップをプリプリと揺する。煽情的な光景に、満也は堪えようもなく勃起した。

(なんてエロいんだ……うう、本当にこのままヤッちゃいたい)

成海の許しは出ているのだ。苺パンツを毟り取り、アヌスにペニスを突き立てたい。

こんなに可愛いのだし、アイドルの亜美には先っぽしか挿れられなかったぶん、童貞を完全に捧げてもかまわない気持ちにすらなっていた。

そして、昂奮状態にあるのはヒロミも一緒だった。

「だ、ダメぇ、そんなにしたら――」

よがりながら、腰をいやらしく回転させる。無意識の動作なのだろうが、エレクトした分身をベッドにこすりつけているのは明らかだ。もうギンギンになっているに違いない。

満也は理性を奮い立たせ、どうにか女装っ子に告げた。

「じゃ、仰向けになって」

「え？　で、でも……」

ヒロミが逡巡する。股間のふくらみを見られるのが恥ずかしいのだろう。

それでも、満也に「ほら、早く」と促されると、渋々からだを反転させた。

「ああん」

仰向けになるなり、ヒロミが顔を両手で覆う。予想したとおり、苺パンツの前面はもっこり隆起していた。

成海の様子を窺《うかが》うと、彼女は身を乗り出すようにして、男の娘の恥ずかしいところをガン見していた。椅子に乗ったヒップがモジついているところを見ると、かなり昂奮させられているらしい。

（よし、もう少しだ——）

ヒロミの脚を開かせると、満也は太腿の付け根から内腿の快脈を辿った。そこにはかなり発達したものが何本も通っている。

(これならペニスをさわらなくてもイッちゃうかも)

期待を込めて指先を往復させると、

「あ、あああッ、いやあああっ！」

ヒロミはいっそう大きな声をあげた。腰も上下に跳ねる。

ビクッ、びくんッ、ビクリ――。

パンティ越しでも、強ばりきったジュニアが脈打つのがわかる。見た目は完全な美少女なのに、その部分だけがあからさまに男の子。到底あり得ないギャップが、胸を掻きむしられるほどにエロチックだ。

「だ、ダメ……あああ、やめてぇ」

ヒロミが涙声で訴え、頭をイヤイヤと振る。けれど、牡のシンボルはさらなる刺激を欲しがるように、少女の下着を勢いよく突き上げた。

高まりの頂上に濡れジミができ、ピンク色の粘膜が透ける。透明な粘液は表にまで滲み出ていた。

「ちょっと、やりすぎじゃないの？」

いつの間にかベッドの脇にまで進んでいた成海が、眉根を悩ましげに寄せて言う。

満也はびっくりして彼女を見つめた。

「成海さんがおれに言ったんだよ。ヒロミちゃんとヤレるのかって」

「そ、それは——べつに、こういうことをしろって意味で言ったんじゃないわよ」

成海は歯切れが悪かった。義弟をオカマと突き放したのに、今やその魅力に抗い難いものを感じているのだろう。しかし、あそこまで強いことを言った手前、今さら受け入れることはできないようだ。

(ったく、素直じゃないんだから)

ここは徹底的にヒロミを乱れさせ、成海の譲歩を得なければならない。それがふたりのためでもあるのだ。

「まあ、見ててよ。ヒロミちゃん、もうすぐイッちゃうと思うから」

「え、イク——」

成海が目を丸くする前で、満也は最も太い快脈に刺激を加えた。

「あああ、だ、ダメぇ、出ちゃう——」

細腰が浮きあがり、ピンと伸びた爪先がワナワナと震えた。胸が大きく上下して、呼吸がハッハッと荒ぶる。

(もう少しだ)

内腿の快脈を付け根に向かってぐいぐいこすると、ヒロミは限界に達した。

「イヤイヤ、あああ、出ちゃう、出る……はうう、イッちゃうぅううっ！」

エクスタシーの絶叫とともに、男の娘の下半身が暴れる。濡れてピンク色を透かす薄布を通り抜け、白濁液が溢れ出た。

「やん、出た」

成海がやるせなさげにつぶやき、自らが達したみたいに身をくねらせる。ドクドクと染み出すザーメンから目を離さずに。

4

「じゃあ、ヒロミちゃんの介抱は、成海さんにおまかせします」

満也の言葉に、しばし茫然となっていた成海は「え？」と我に返った。この診療所の跡取りたる童貞男の顔と、ベッドにぐったりと仰向けた下着姿の男の娘を交互に見つめる。

それでようやく、言われたことの意味を理解した。

「な、何よ、介抱って!?」

「だって、このままにしておいたらヒロミちゃんが可哀想じゃないか」

苺パンツの前面は、さっきまでの猛々しい盛りあがりを失っている。けれど、滲み出たザーメンで淫らなヌメリを帯びていた。

「これはあんたがやらかしたことじゃない。だ、だいたい、この子とヤルって話はどうなったのよ⁉」

「え、本当にヤッちゃってもいいの？」

問い返されて言葉に詰まる。

「ここまでやったら充分でしょ？　まあ、どうしても成海さんが見たいっていうのなら、おれはかまわないけど」

満也がズボンのベルトを弛めかけたものだから、成海は慌てた。

「いいわよ、もうわかったからっ！」

金切り声で制すると、彼はすぐにベルトから手を離した。見透かしたかのようにニヤリと笑ったものだから、無性に悔しくなる。

だが、これ以上アイツの好きにさせたくなかったのだ。

「じゃあ、おれはあっちで休んでるから。あとはきょうだい水入らずでごゆっくり」

「だ、だから、あたしは認めないって言ったでしょ！」

「はいはい、わかりました。おー怖ッ」

満也は逃げるように診察室を出ていった。

「あのバカ。何だってのよ、もぉ」

成海はしかめっ面で憤慨した。しかし、ベッドに仰向けたままのヒロミに視線を戻すと、胸がやけにドキドキする。

（どうしちゃったんだろ、あたし……）

こんな男オンナが自分の弟だなんて、絶対に認めたくなかった。なのに、なぜだか今は妙に惹かれてしまう。

（ていうか、これじゃ弟じゃなくて、妹じゃないの）

見た目は愛らしい美少女なのに、中身は男の子。パンティをモッコリさせていやらしく身悶え、おまけに射精するところまで見せつけられたものだから、こんなおかしな気分になったのだ。

（そうよ。ただの気の迷いなんだわ）

だったらパンツを脱がして、男であることをはっきりさせればいい。そうすれば胸のモヤモヤも消えるだろう。

うん、それがいいと考えて、成海は義弟であるカノジョのそばに寄った。

むわっ――。

ザーメンの青くさい匂いが悩ましいほど漂い、思わず足を止める。呼吸をするだけで、頭がクラクラするようだ。

（しっかりしなさい――）

自らを叱りつけ、牡の体液で汚れた苺パンツに両手をかけた。

「脱がすわよ」

声をかけると、ヒロミが目をぱっちり開ける。困惑の眼差しで見つめられ、成海はドキッとした。

「え、でも……」

ヒロミは逡巡をあらわに身を縮める。きっと恥ずかしいのだ。

そんな反応をされては、成海もためらってしまう。自分がカノジョにいやらしいことをするような気持ちになったのだ。

「でも、じゃないわよ。いつまでこんなくさいパンツを穿いてるつもりなの⁉」

迷いを振り払うように罵り、思い切って可憐な下着を毟り取る。

「いやあ……」

ヒロミが嘆き、両手で顔を覆った。そんなしぐさも、丸っきり女の子だ。

けれど、あらわになった股間は、間違いなく男の子のモノであった。

（やっぱりあるんだ、オチンチン……）

成海は思わずコクッと唾を飲んだ。

満足を遂げて縮こまったそれは、尖端まで包皮を戻している。根元にポワポワと陰毛が生えているものの、まだまだ幼いロケット型のペニスだ。

全体にナマ白く、精液で汚れた姿は練乳をかけたヤングコーンのよう。ようやく第二次性徴期を迎えたぐらいの眺めだろうか。それだけに、いたいけなエロティシズムが成人女子の理性をかき乱す。

（――って、何だってこんなガキみたいなチンチンに昂奮しなくちゃいけないのよ⁉）

少女にハァハァする男はロリコンだが、逆に少年に性的な欲望を覚える女は、たしかショタコンと呼ばれるのではなかったか。

そんな趣味はなかったはずだと己に言い聞かせ、成海はティッシュを持ってくると、あらわにした股間の精液を拭った。

「あん……」

ヒロミが小さな声を洩らし、腰をくねらせる。くすぐったいというより、感じているみたいなエッチな反応だ。

「じっとしてなさいよ、もお」

胸の高鳴りを悟られないように叱り、幼いペニスに付着した粘つきを拭き取ってあげる。ハーフトップにオーバーニーソックスだけの格好にもそそられながら。

と、その部分がまたムクムクと大きくなりだした。

(やだ、どうして——)

射精したばかりなのにとうろたえるあいだにも、筒先まで覆っていた包皮が後退し、綺麗なピンク色の粘膜をあらわにする。血管を浮かせた胴体も硬くなり、小ぶりながらもいっちょまえにピンとそそり立ったのだ。

(タッちゃった……)

こんなふうに勃起の過程を目の当たりにするなんて、初めてではないだろうか。胸のドキドキがおさまらず、成海は息苦しさすら感じた。

「ヤダあ」

ヒロミが涙声で悲嘆に暮れ、イヤイヤとかぶりを振る。顔を隠したままでも、自分のソコが昂奮状態を示していることはわかるのだろう。

そんな恥じらいも、年上の女の琴線をかき鳴らした。なぜだか無性に苛《いじ》めたい気分にさせられる。

「なによ、せっかくチンチンを綺麗にしてあげたのに、どうしてタッちゃうわけ⁉」

なじるだけで背すじがゾクゾクする。

「だ、だって……」

「だってじゃないわよ。だいたい、あたしのことはお姉ちゃんって呼んでたんじゃない？　つまり、あんたは姉に欲情するヘンタイってことなのね」

「う、うう……ごめんなさい」

すすり泣くヒロミに、成海の嗜虐心《しぎゃくしん》がいっそう燃えあがる。徹底的に辱《はずかし》めたくなった。

「チンチンをこんなにギンギンにしておいて、ごめんなさいもないもんだわ」

幼い屹立《きつりつ》をギュッと握ると、男の娘の細腰がビクンと跳ねた。

「イヤあ──だ、ダメぇ」

強ばりがさらにふくらみ、ピンク色の亀頭が赤みを帯びる。かなり敏感なようだ。

「お姉ちゃんにチンチンいじられて感じてるのね。ホント、いけない子」

「ご、ごめんなさ──あああッ！」

緩く上下にしごいただけで、あらわな声があがる。金魚の口みたいな先っちょから、透明な液体がジワジワと溢れた。

（あん、いやらしい）

ペニスをあらわにしているのに、反応は丸っきり女の子のそれだ。あやしいギャップにも煽られて、全身がカッと熱くなる。

「こんなにガマン汁を出して、たまんなくなってるのね。ひょっとしたら、もうイッちゃいそうなの？」

「う、うう……はい」

「そう。だけど、出しちゃ駄目よ」

「え!?」

ヒロミが顔の手をはずし、驚きを浮かべる。このまま射精に導いてもらえるものとばかり思っていたようだ。

「あんたは、あたしと本当のきょうだいになりたいんでしょ？　でも、きょうだいはこんなことをしちゃいけないのよ」

「それは……でも――」

「まあ、いじるのは特別サービスとしても、射精するのは駄目。出したくても我慢しなさい。もしも出しちゃったら、絶対にあんたを弟だって認めないからね」

絶望をあらわにした擬似美少女は、それでも健気に「わかりました」とうなずいた。

大きな目に、涙をいっぱい溜めて。

そんなヒロミを見て、成海は目眩いがしそうなほど昂ぶった。

（ふふ、どこまで我慢できるかしら）

意地悪くほくそ笑み、手の上下運動をリズミカルにする。

「あ、あッ、ダメぇ」

焦った声があがり、男の娘の華奢《きゃしゃ》な肢体がくねくねと悶える。爆発しないよう、懸命に堪えているのは明らかだ。

もちろん成海は手加減などしない。ウサギを倒すのにも全力を尽くすライオンのごとく、ガチガチになった若茎を摩擦する。

「あああ、お、お姉ちゃん、許して――」

涙をこぼして哀願されても、少しも可哀想だと思わない。むしろますます酷い目に遭わせてあげたくなる。

（あたしって、もともとこんなにドSだったのかしら？）

たしかに満也を罵ったり、蹴っ飛ばしたりはしょっちゅうだ。しかし、あれは童貞ダメ人間の腐った根性を叩き直すためにやっていたこと。他の人間に対しては、いたって常識的に接していたはず。

それに、ヒロミに対しての抗い難い情動は、満也を折檻するときのものとは異なる。もっと胸の奥深くからこみ上げる、それこそ魂の叫びのようなものか。こんなものが欲しかったと、自分にあうシャンプーやファンデーションを見つけたときの歓びにも近いかもしれない。

とにかく、こんな感情を芽生えさせた女装っ子の義弟に、すべての責任がある。

(そうよ。この子がいけないんだわ)

すべてをヒロミのせいにして、成海はいたいけなペニスを玩弄《がんろう》した。こんな試練を与えられるのも、自業自得なのだ。

「あひッ、ひゃっ、あううう」

ひとしごきごとに、線の細いボディがビクンビクンとわななく。亀頭粘膜の穢れない清潔な色合いからして、間違いなくヒロミは童貞だ。異性からこんなふうに愛撫されることは初めてで、だからここまで感じるのだ。

「ねえ、ヒロミは彼女いるの?」

唐突な質問に、女装美少年はビクッと肩を震わせた。驚いて正気に戻ったふうに、目をまん丸に見開く。

「ねえ、いるの?」

もう一度訊ねると、「い、いないよ」と焦り気味の返事。

「じゃあ、彼氏がいるのかしら？」

厭味《いやみ》たっぷりの問いかけに、男の娘の愛らしい容貌がクシャッと歪む。少し間を置いてから、首が左右に振られた。

「じゃあ、オチンチンをこんなふうにいじられるのは、初めてなのね」

硬く強ばりきったものの尖端を、成海は指でヌルヌルと刺激した。

「あぁッ！」

ヒロミが今にも達してしまいそうに、ソックスの爪先をピンとのばす。腰が浮きあがり、ワナワナと震えた。

（あ、ホントにイッちゃうかも）

成海は慌てて若茎の根元を強く握った。

ヒロミが全身をピクピクと痙攣させ、鈴口から白く濁った粘液をトロリと溢れさせる。糸を引いて根元まで滴ったそれには、いくらかの精子も含まれているのだろう。

「も、もう許して……」

蕩けきった表情でのお願いに、成海はにべもなく「駄目よ」と告げた。そればかりか、顔を屹立の真上に差し出すと、牡のシンボルにタラーッと唾液を垂らしたのである。

5

（それにしても、あの成海さんがここまでするなんて――）

ドアの隙間から診察室を覗き、満也はゴクッと喉を鳴らした。いやらしい見世物に昂奮したジュニアを掴み出し、シコシコとリズミカルに摩擦しながら。

義理の姉と弟が「仲良く」なれるよう、ふたりっきりにしてあげたのである。しかし、まさかここまで「親密」になるとは思わなかった。

（ちょっとクスリが効きすぎたかな？）

ヒロミが射精するところを見たせいで、成海はおかしくなったのかもしれない。あれで女装少年を弄ぶ愉しさに目覚めたのではないだろうか。

そして今も、幼さの残るペニスを嬉々としてしごいている。唾液をたっぷりと垂らし、ヌルヌルにしたものを。

「オチンチンをこんなにピキピキにしちゃって。絶対に出しちゃ駄目だからね」

「あ、あッ、お姉ちゃん――あああ、そんなに強くしないでぇ」

よがり泣くヒロミは、今にも達してしまいそうに半裸のボディを震わせる。男だとわかっていても、愛らしい反応と声に胸が高鳴ってしまう。

(これはもうじきイッちゃうぞ)

射精するのは時間の問題だろう。そうなったら、一度口にしたことは改めない、頑固な成海のことだ。絶対にヒロミを弟として認めないに違いない。

だが、ここで自分が出て行けば、成海も気まずさからヒロミを受け入れるのではないか。満也がそう考えたとき、

「ねえ、アソコって見たことあるの?」

成海の問いかけにドキッとする。

「え、アソコ?」

きょとんとするヒロミに、成海は愉快そうな笑みを浮かべた。

「女のアソコよ。オマンコ」

卑猥な四文字を告げられ、女装っ子の表情が強ばる。

「な、ないですっ!」

「じゃあ、見たい?」

この問いかけに、ヒロミはさすがに即答できなかったらしい。だが、落ち着かなくキョロキョロと動く目が、「イエス」であると訴えていた。

(女の子の格好はしていても、ヒロミちゃんはやっぱり男なんだな)

共感したものの、気になることがある。

(成海さん、もしかして自分のアソコを見せるつもりなんだろうか……)

しかも、義理の弟に。

「どうなの？　見たいの、見たくないの⁉」

成海が問い詰める。見たいと答えたら、彼女は自らの性器を見せるつもりなのだと、ヒロミも悟ったようだ。

「見たいです……」

弱々しく答えたものの、成海は気に入らなかったらしい。

「ちゃんと大きな声で答えなさいッ」

「み、見たいです」

「何が見たいの⁉」

「おお……おまんこが見たいですっ！」

はしたない言葉を口にして、ヒロミが「うう……」と屈辱の涙をこぼす。しかし、成海は満足げにうなずいた。

「じゃ、見せてあげるわ」

いたいけな勃起を解放し、成海がジーンズに両手をかける。ためらったのはほんの刹那で、むっちりヒップからつるりと剥きおろした。しかも、中のパンティも一緒に。

「あ──」

思わず声をあげそうになり、満也は慌てて口をおさえた。艶めくむっちり臀部が、まともに向けられたのだ。

（ああ、成海さんのおしり──）

ぷりぷりして、とても美味しそう。もっと間近で見たい。この手にも触れたい。

しかし、彼女はすぐベッドにあがってしまった。しかも四つん這いで、ヒロミの上で逆向きになる。

「ああ……」

女装少年が感嘆の声を洩らす。わずか数十センチを隔てて、初めて目にする女体の神秘が晒されているのだ。

「ほら、これがオマンコよ」

成海が右手を股間に差し入れた。おそらく割れ目を開き、内側の粘膜まで見せつけているのだろう。

その証拠に、ヒロミが食い入るように中心部分を見つめる。

（くそ、いいなあ）

満也は焦れったさに歯噛みした。シックスナインの体勢になったふたりを横から見る彼には、肝腎な部分が見えないのだ。

（おれのほうが成海さんと長く一緒にいるのに、アソコを見せてもらったことなんて一度もないんだぞ。ていうか、義理でも弟なのに、あんなことしていいのかよ⁉）

自分がふたりをこの状況へ導いたくせに、今さら倫理的なことを考える。他人がいい目に遭うのは、たとえ愛らしい女装少年であっても許せないのだ。

とは言え、覗き見をする立場ではどうしようもない。ただひたすら、カウパー腺液でヌルヌルのペニスをしごくだけだ。

「どう、お姉ちゃんのオマンコは？」

さすがに恥ずかしいのか、成海が頬を真っ赤にして訊ねる。

「うん……ピンク色で、すごく綺麗」

「本当に？　こんなのグロテスクでしょ」

「ううん、そんなことないよ。それに……」

「それに？」

「……すごくいい匂いがする」

この返答に、成海はかなりうろたえた。

「そんなわけないでしょ!?　洗ってないんだから、く、くさいに決まってるじゃない」

「全然くさくなんかないよ。お姉ちゃんのオマンコ、嗅いでるとなんだかドキドキしてくるよ」

「ばば、バカ。ヘンタイ――」

大きなヒップが女装少年の顔面に落とされる。おそらく、それ以上何も言わせまいとしたのだろう。

「むぐぅ」

ヒロミが苦しそうに呻く。だが、続いて聞こえたのは、「きゃふッ」という成海の悲鳴であった。

「だ、駄目……あああ、イヤぁ」

丸まるとした臀部が、男の娘の上でプルプルとわななく。秘部を舐められているのだと、満也はすぐに悟った。

（やるじゃん、ヒロミちゃん）

妙なところで感心する。

「いやぁ、あ、そんなとこ……し、舌なんか入れないでッ」

成海が腰をくねらせて叱りつける。しかし、ヒロミは両手でヒップをがっちり掴み、離そうとしなかった。

チュパッ……ぢゅぢゅぢゅッ。

さらに、はしたないすすり音まで聞こえてくる。

「バカぁ、も、もお――」

お返しのつもりか、成海もヒロミの股間にむしゃぶりついた。そそり立つものを一気に根元まで頬張る。

「むふぅううう」

くぐもった呻きが聞こえる。女装っ子の下半身が、電撃でも食らったみたいにビクンビクンと跳ねた。

(うわあ……なんてエロいんだ)

義理の姉弟が下半身丸出しで、性器をしゃぶりあっている。このままセックスまでいくつもりなのかと、満也は危ぶんだ。

(そこまでしちゃったら、それこそきょうだいになれないんじゃないか?)

快楽に溺れ、ふたりとも自分を見失っているようである。ここは飛び込んでいってやめさせるべきではないだろうか。

（だけど、もう少し見ていたい気もするし……）

オナニーしながら窃視しているせいで、どうしても己の快感が優先してしまう。だいたい、男女のナマの行為という、これ以上のオカズがあるだろうか。

シックスナインに耽るふたりが、やるせなさげに身をくねらせる。いよいよ限界が迫ったらしく、ヒロミが義姉のヒップを押し退けた。

「お、お姉ちゃん、イッちゃうよぉ」

すすり泣き交じりの訴えに、成海が慌ててペニスを吐き出す。唾液に濡れた牡器官の根元をギュッと握った。

「う、う——ア……」

喘ぐ擬似美少女の腰が、カクカクと細かく上下する。どうにか絶頂を回避したらしい。と、屹立の先端から、白く濁ったガマン汁がトロリと溢れるのが見えた。

「はあ、ハア——」

ハーフトップを着けた薄い胸が、せわしなく上下する。

（もう終わりかな）

成海も最後まで導くつもりはなかったようだ。射精したら弟と認めないと宣言し、そうさせなかったわけだから、これからはきょうだいとして仲良くやっていくのだろうか。

ところが、ノロノロと身を起こした成海は、女装っ子のペニスを握ったままからだの向きを変えた。今度はそそり立つものの真上を跨いだのである。

（え、まさか——⁉）

セックスをするつもりなのかと、満也は驚愕した。

「え、お姉ちゃん？」

ヒロミも目を開け、信じられないというふうに義姉を見つめる。

「ねえ、セックスしたい？」

訊ねながら、成海がそろそろとヒップをおろす。どこか思いつめた表情だ。

「え？　あ——お、お姉ちゃん」

焦りを浮かべつつ、ヒロミはやるせなさげに身をよじった。ふたりの股間は、それこそペニス一本分しか離れていない。

「ほら、お姉ちゃんがおしりをおろしたら、ヌルッて入っちゃうわよ」

成海が股間に差し入れた手を動かす。どうやら屹立の先端を、濡れた秘唇にこすりつけているらしい。

「そ、そんな……ああ」

快さと欲望が、弟であろうとする美少年を責めたてる。いけないとわかりつつ、結ばれたい気持ちがふくれあがっているに違いない。

「あたしはいいのよ。あんたとセックスしても」

「え?」

「ただし、セックスしたらもうきょうだいにはなれないからね」

この状況はヒロミにとって、射精を我慢する以上の試練だったろう。

「わ、ワタシ——僕は」

身を震わせ、懸命に欲望と戦っている様子。だが、分身が濡れた女性器に密着した状態で結合を拒むのは、そう簡単なことではあるまい。

まして、カノジョ——彼は童貞なのだから。

(成海さんも意地悪なことするなあ)

ひょっとしたら、成海もセックスをしたくなっているのかもしれない。けれど自分から繋がることはできず、最終決定を可愛い義弟に委ねているのだろう。

「わかる? お姉ちゃんのオマンコ、こんなに濡れてるのよ」

成海が手を動かすと、クチュクチュと粘っこい音が聞こえてくる。同時に、ヒロミが「ダメぇ」と情けない声をあげた。敏感な亀頭粘膜と女芯が擦れ合っているのだ。

「挿れたいんでしょ？　お姉ちゃんのあったかいオマンコの中に、オチンチンを突っ込みたいんでしょ⁉」

まさに悪魔の誘いであったろう。成海はいたいけな男の娘を翻弄し、手のひらの中で弄《もてあそ》んでいた。

「うー」

ヒロミが涙目で成海を見あげる。ずいぶんとためらってから、

「……したいけど、しない」

弱々しい声で答えた。

「僕はお姉ちゃんと、本当のきょうだいになりたいんだ」

6

ヒロミの真摯な言葉に、成海はかなりうろたえたようであった。

「な――なに言ってるのよ⁉」

言い返そうとしても、それ以上の言葉が出てこない様子。目を合わせることもできないらしく、視線を落ち着かなく泳がせた。

（へえ。立派なものだな）

　初体験のチャンスを逃してでもきょうだいになりたいというヒロミの強い意志に、満也は感心した。

　自分だったら間違いなく、童貞を捨てるほうを選ぶだろう。まして、誘っているのはナイスバディのお姉様。これ以上はない、理想的な初体験の相手なのだから。

　それに、覗き見をする立場としても、できれば意地を張らずにセックスをしてもらいたいところだ。これは単純に、オナニーのオカズにしたいからであるが。

「……お姉ちゃんは、僕が嫌いなの？」

　ヒロミの問いかけに、成海は「え？」と戸惑いを浮かべた。

「もしもお姉ちゃんが僕のことが嫌いで、絶対きょうだいになんかなりたくないんだったら、してもいいよ」

「してって……」

「僕の初めてを奪って」

「う、奪うって何よ!?」

「僕、お姉ちゃんに嫌われてまで、きょうだいでいたいなんて思わないよ。本当に嫌われてるのなら、僕は身を引く。最後の思い出に初めてをお姉ちゃんにあげて、あとはすっぱり諦《あきら》めるから」

「ヒロミ……」

涙を浮かべての訴えに、心を動かされずにいられなかったらしい。成海は小さなため息をこぼすと、のろのろと腰を浮かせた。めり込んでいた幼いペニスが恥芯からはずれ、指もほどかれる。

（さすがの成海さんも、この状況でヒロミちゃんの童貞を奪うことはできないか）

ということは、ヒロミを弟として受け入れるのだろうか。もっとも、あの頑な成海が、そう簡単に懐柔されるとも思えなかったが。

ベッドからおりた成海は、不安げな面持ちの男の娘をじっと見つめた。それから、ようやく決心がついたふうにひと息つき、静かに告げる。

「……残念だけど、あんたを弟だと認める気にはなれないわ。たぶん、一生ね」

冷たい宣告に、ヒロミの表情に絶望が浮かぶ。ベッドにからだを起こし、義理の姉に詰め寄った。

「ど、どうして⁉」

「さっきも言ったとおり、実の父親が女をつくって逃げたせいで、あたしは男性不信になったの。だから、身内に男がいるのが我慢ならないのよ」

「で、でも――」

「あんたのお父さんが母さんと結婚するのは仕方ないわ。母さんが決めたことだから。だけど、わたしはそれに関わりたくないの。父さんはいらないし、弟もいらない」

「お姉ちゃん……」

ヒロミが堪え切れなくなったように、大粒の涙をこぼす。覗き見をする満也ももらい泣きをしそうになったほど、深い悲しみをあらわにしていた。

（ったく、成海さんも頑固だよなあ。親父さんとヒロミちゃんには何の関係もないんだから、きょうだいだって認めてあげればいいのに）

文字通り陰ながらヒロミの肩を持つ。どうにかしてあげられないだろうかと地団駄を踏みたくなったとき、成海が意外なことを口にした。

「……だから、妹としてならいいわ」

「え？」

「こんなふうに完璧な女の子になって、あたしの妹になるっていうのなら、姉妹として認めてあげてもいいわ」

そんなことを言われたら、普通の男の子であれば躊躇するところであろう。しかし、愛らしい女装少年は、ほんの少しも迷わなかった。もともと弟が駄目ならと考えて、妹に成り切って現れたのだから。

「うん、なるよ。僕――ワタシ、お姉ちゃんの妹になる！」

目をキラキラと輝かせ、きっぱりと言い切る。成海もこうなると予想していたのか、初めてカノジョににっこりと笑いかけた。

（うーん、これで万事解決ってことになるんだろうか？）

満也にはふたりの気持ちが理解できなかった。特に、男の子を妹として受け入れると決めた成海の心境が。

けれど、当事者がそれでいいと納得しているのだ。他人がどうのこうの言えるものではない。

そのとき、ヒロミが視線を落とし、表情を曇らせた。

「完璧な女の子になるってことは、これを取っちゃわないと駄目かなあ」

未だそそり立ったままのイチモツを握り、やるせなさげなため息をつく。たしかにそれは、女の子にはあってならないモノだ。

「あら、その必要はないわ」

成海が「妹」の指をほどき、代わりに肉根を握り込む。

「あ、あう……お姉ちゃん――」

ヒロミの細腰がピクピクと痙攣した。

「ヒロミはオチンチンがあるからヒロミなんじゃない。これは立派な個性よ。だいたい、いつもこんなふうにカチカチにしてくれなくっちゃ、あたしが愉しめないじゃない」

ゆるゆると勃起をしごきながら、成海が妖艶な眼差しでヒロミを見つめる。その瞳に吸い込まれるように、男の娘はうっとりした表情になった。

(妹なのにペニスがOKって……つまりオモチャにするってことなのか?)

それでは妹ではなくペットである。

「このオチンチンはヒロミのものであると同時に、お姉ちゃんのものでもあるの。そのことを忘れちゃ駄目よ」

「はい、お姉ちゃん……」

「但し、セックスはしないからね。それって近親ソーカンだもの」

「うん、わかってる」

「だから、手で気持ちよくしてあげるわ。それから、お口でも──」

成海が顔を伏せ、「妹」の幼いジュニアをぱくりと頬張った。

「ああ、お姉ちゃぁん」

女装っ子の華奢な肢体がビクビクと痙攣する。

ヒロミは力が抜けてしまったのか、また仰向けになった。勃起をピチャピチャと舐めしゃぶられ、ハーフトップの胸をせわしなく上下させる。

「あん、あ——キモチいい……オチンチン溶けちゃうぅ」

そうやって快感に溺れながらも、これではいけないと悟ったらしい。

「わ、ワタシもお姉ちゃんの舐めたい！」

愉悦に蕩けた表情で、必死に訴える。

「ワタシもお姉ちゃんを気持ちよくしてあげたいの。お姉ちゃんのおまんこ、いっぱいペロペロしてあげたいのぉ！」

ここまでストレートに求められれば、成海とて自らを与えずにはいられまい。ヒロミの肉根を咥えたままベッドにあがり、再びシックスナインの体勢になった。むっちりヒップを、待ち構える男の娘の顔面に落とす。

「むううう」

くぐもった呻きに続き、ぢゅるッと何かがすすられる音が聞こえる。それと同時に、成海の下半身が電撃を食らったみたいにわなないた。すでにかなりの愛液を溢れさせていたらしい。

「むふぅ、お、お姉ちゃ――」

「ンふ……くはぁ、ヒロミぃ」

あとは互いの性器をしゃぶりあい、姉妹相姦の悦楽にどっぷりとひたる。

(うう、いやらしい)

同性愛とも男女の行為とも異なる、不思議な光景。それでいて胸が震えるほど淫らだ。

おそらく、相手を感じさせることに熱中しているからだろう。成海とヒロミは、どちらもなかなか果てそうになかった。自然と口技はねちっこさを増し、洩れ聞こえるすすり音が派手になる。

ぢゅっ、ちゅぱッ――。

クチュクチュクチュ……ちゅううッ！

半裸の姉と「妹」が、お口と性器で繋がっている。なんと奇妙で卑猥なラビリンスだろう。当然ながら満也も煽られ、己が分身をしごきまくる。

(ああ、いいなあ……クソッ)

仲間に入りたいと切望する。だが、こんな場面でしゃしゃり出たら、成海に蹴り殺されるのがオチだ。

それに、第三者が入り込めないふたりだけの世界を、彼女とカノジョは造り上げていたのである。もう、誰も邪魔することはできないのだ。

「むふッ、う――ふはぁああッ。お、お姉ちゃん、イッちゃうぅ」

とうとう限界を迎えたヒロミが、あられもない声をあげた。

「むうぅ――ひ、ヒロミ、お姉ちゃんのオマンコに指挿れてぇ」

はしたないおねだりに応え、女装少年が義姉の膣に指を突き立てる。それも、根元まで深々と。

「あああ、いい、いいのぉ。指でクチュクチュして……オマンコかき回してぇッ！」

健気なペニスを高速でしごきながら、成海がヒップをくねらせる。

「きゃうぅ、お姉ちゃん、ワタシ――いくッ、イッちゃうのぉ」

「あ、あ、すごく硬い。ヒロミのオチンチン、ピキピキになってるぅ」

「やんやん、お姉ちゃんのおまんこもトロトロだよぉ」

「ああ、ヒロミ、ひろみぃ」

「お姉ちゃん、いくよ、あああ、出るぅ」

「あ、あたしも……あ、ああッ、イクイク、すごいの来るぅッ！」

乱れる姉と「妹」の嬌声が、診察室に反響する。まずはガクガクと腰を跳ねさせたヒロミが、濃厚な白濁液を噴水のごとくほとばしらせた。

「くああ、あ、オチンチンが壊れるぅ」

続いて、成海の股間からも透明な水流がプシャアッと放たれた。

「イクイクイク――ぅ、くふぅううっ！」

強大なオルガスムスの波に巻かれた姉妹を覗き見ながら、満也もめくるめく歓喜に意識を飛ばす。強ばりきった分身から、熱い樹液をだくだくと放出した。


ふたりが身繕いを済ませたのを見計らい、満也は診察室に入った。

「あれ？　仲直りしたみたいだね」

すっとぼけて告げたものの、覗いていたことは成海にはお見通しだったらしい。ギロリと睨みつけられる。

「そうよ。あんたのオカズになったのはシャクだったけどね」

オナニーをしていたことまでバレバレだったようだ。

「い、いや、あれは――」

「まあ、あたしとヒロミがうまくいったのは、あんたのおかげって部分もあるからね。今回はお咎めナシにしてあげるわ」

相変わらずの上から目線にムッとしたものの、彼女に寄り添うヒロミの愛らしさに免じて許すことにした。

「ところで、まだヒロミとヤリたいの？」

「まさか。おれにはそういう趣味はないからね」

「ホントかしら？」

と、成海が悪辣《あくらつ》な笑みをニヤリとこぼす。

「そうだわ。逆にヒロミがあんたをヤッちゃうってのもいいかも」

「え、どういうこと？」

「決まってるじゃない。おしりを使うのよ」

いくらキュートな男の娘でも、おカマを掘られるのは御免こうむりたい。

「え、遠慮しますっ！」

満也は即座に返答し、その場から脱兎のごとく逃げ出した。

第四章　いつも心に童貞を！

1

「ああ、もう、我慢できないッ！」

いきなり罵声を浴びせられ、満也は目を白黒させた。

「え、な、成海さん？」

目の前に立ちはだかるお目付役の女性を見あげ、いったい何事かと混乱する。

彼女はたった今まで、診察依頼の掲示板をチェックしていた。それがいきなり激情に駆られたようなのである。何か気分を害する書き込みでもあったのだろうか。

しかし、どうやらそういうことではなかったらしい。

「どうしてあんたのところには、こうひっきりなしに依頼があるのよ⁉　しかもリピーターだっているし、脳が腐ってるとしか思えないわ。だいたい、こんなスケベで童貞でバカ大学留年確定の社会不適合者が、のうのうとこの世にのさばってるなんて、何かが間違ってるのよ！」

いつもの罵詈雑言《ばりぞうごん》ながら、やけに恨みがこもっているように感じる。

（おれ、成海さんに何かしたっけ？）

まあ、たしかに今も、パソコンに向き合う彼女の後ろでエロ雑誌を眺めながら、ニヤニヤしていたのであるが。そんないい加減な態度に業を煮やしたのかもしれない。

それに、診察室内も散らかっている。ゴミの入ったレジ袋や、読み捨てた漫画雑誌があちこちに放ってあった。本来衛生的でなければならない場所としては、大いに問題がある。これが飲食店なら保健所に乗り込まれ、直ちに営業停止だろう。

とは言え、モグリの満也にはまったく関係のない話であるが。

「ねえ、聞いてるの⁉　ったく、いつまでたってもいい加減なんだから。いっぺん死んで地獄に落ちるか、それが嫌ならマリアナ海溝よりも深く反省しなさい！」

ここまで酷く怒鳴り散らされては、さすがに面白くない。いったい何の恨みがあってと、言い返したくもなる。それでも、強く出たら喧嘩になるだけであるし、満也はなるべく冷静になるよう、自らに言い聞かせた。

「何かあったの？」

眉間にシワを刻みつつ訊ねると、成海がハッとなって表情を強ばらせた。

「――な、何かって、何よ⁉」

「なんか機嫌が悪いっていうか、荒れてるように見えるんだけど。ひょっとして、何か嫌なことでもあったのかと思ってさ」

　これには、彼女は二の句が継げなくなったふうに、唇をワナワナと震わせる。つまり図星ということだ。

「そっちの診療所で何かあったとか」

　成海は、ここ「こうえんじ鍼灸整骨院」とは違う整骨院で働いているのだが、これもどんぴしゃだったと見える。悔しさをあらわに唇を歪めた。

　もっとも、気の強い彼女のことだから、職場イジメに遭ったとは考えにくい。そうすると何かミスをやらかしたか、患者からクレームが来たとかではないか。

　だが、負けず嫌いの成海は、何があったのかを話すことはなかった。代わりに、いきなり人差し指を突きつけ、

「あんた、あたしと勝負しなさいっ！」

　理解に苦しむことを命じた。

「え、勝負？」

「あたしと勝負して、負けたらこの『こうえんじ鍼灸整骨院』を去るのよ。で、あたしがここを継ぐんだから」

「そ、そんな無茶な」

満也は祖父の光吉から任命され、跡を継いだのである。いくら成海が光吉の一番弟子だったとはいえ、今は単なるお目付役でしかない。そこまでの権限はないはずだ。

しかし、完全に頭に血が昇っているらしい彼女は、己の理不尽さにも気がついていないらしかった。

「だいたい勝負ったって、おれが成海さんに敵うわけがないじゃないか。格闘技なんて何もやってないんだし」

「だれがガチンコ勝負って言ったのよ?」

「え、違うの?」

「あたしとあんたの勝負っていったら、マッサージ対決に決まってるじゃない。どちらがより患者さんを気持ちよくできるか、それで勝負するのよ」

だったら結果は見えていると言いそうになり、満也は口をつぐんだ。そんなことを告げようものなら、成海に絞め殺されそうな気がしたのだ。

(いや、ここまで言うってことは、成海さんには勝算があるのかな)

でなければ、ヤケクソになっているかのどちらかだ。

とにかく、ことマッサージに関しては、たとえ相手が成海でも負けるわけにはいかない。それこそ、光円寺満也の名がすたるというものだ。

そして、不意に妙案が閃く。

「だったら、条件を公平にするために、成海さんが負けた場合も考えなくっちゃね」

「どういう意味よ？」

「おれが勝ったら、成海さんを好きにできるってことでどう？」

勝ち誇った口調で提案すれば、彼女が瞬時に蒼ざめる。好きにできるというのが何を意味するのか、すぐ理解したからに違いない。

もちろん満也は、成海を相手に童貞を卒業するつもりでいた。

（さすがに、だったらやめたって言い出すかもな）

これまでの態度からして、成海が肉体を賭けるとは思えない。あんたとは死んでもセックスなんてしたくないというのが、彼女の偽らざる心境だろうから。

けれど、自分から言い出した手前、引っ込みがつかなくなったようだ。負けず嫌いが裏目に出たのである。

「い、いいわよ。やってやろうじゃない！」

そう言い放った成海の頬は、いくぶん蒼白かった。

どちらのマッサージがより癒やしてくれるのか、判定はKBG49のゆっちこと、横田優香にお願いすることになった。ちょうど診てほしいという依頼が来ていたのである。

「もう芸能ニュースにも出てるから知ってると思うんですけど、わたし、KBG49を卒業することになったんです。これからは横田優香個人として、歌だけじゃなくお芝居にも力を入れていくつもりなんです」

にこやかに述べる優香を、満也は警戒していた。彼女の企みで酷い目に遭ったから、そう簡単には気を許せなかったのだ。

(もしかしたら、わざと成海さんの肩を持って、おれを負けにするかもしれないぞ)

私情を差し挟む可能性があり、審判としては不適格だと主張したが、成海は聞き入れてくれなかった。ナンバーワンアイドルが不公平な見方をするはずがないと、およそ説得力のないことを口にして押し切ったのだ。

こうなったら気持ちよさに悶絶するまで、最高のテクニックを見せてやる。不公平な判定などできない状況に追い込んでやるのだ。

そう息巻いていた満也だったが、優香の提案で出番を奪われてしまった。

「わたし、前に光円寺センセイからマッサージをしていただきましたから、どのぐらい素晴らしいかよくわかっています。だから、今日は成海さんのマッサージを受けて、どちらがより素晴らしい技をお持ちなのかを判断させていただきます」

つまり、優香のさじ加減ひとつで、すべてが決まってしまうということだ。それこそ、彼女が成海のマッサージを受けながら、『気持ちいい』とか『最高です』とかべた褒めしたら、こちらは何も反論できない。

（あとは優香ちゃんの良心に期待するしかないのか……）

満也は暗澹《あんたん》たる気分であったが、成海のほうも緊張を隠せない様子だった。

「では、始めますね」

セクシーな下着姿で施術用ベッドに俯せた優香の、まず脚に手をのばす。キュッと引き締まった足首から太腿へと、丁寧に揉みほぐした。

（……うん、悪くないな）

表情こそ強ばってはいたが、やはり経験と実績があるぶん、手つきは見事だった。こうして彼女のマッサージをじっくり見るのは初めてだが、教則ビデオで勉強させられているようであった。

（これだと、優香ちゃんが成海さんに軍配を上げても、文句は言えないぞ）

少なくともテクニックに関しては互角だ。あとはマッサージされるほうが、どれだ

け良くなったと実感できるかであるが、

(あれ？)

優香がまったくの無反応なのに気がついて、満也は首をかしげた。多少なりとも心地よいはずなのであるが、まったく表情に現れていない。声ひとつ出さなかった。

(おれがしたときには、『気持ちいい』って言ってくれたよな)

成海のほうもそれに気がついているらしく、表情に焦りが浮かんでいる。手の動きもぎこちなくなり、端から見ても下手になっているのがわかった。

それが五分も続かないうちに、

「もうけっこうです」

優香が冷めた口調で告げる。成海は絶望をあらわに手を引っ込めた。

「判定は、申し上げるまでもないですね」

ベッドにからだを起こした優香が、冷たい眼差しを成海に向ける。上下とも紫の、レースで飾られた下着をつけているせいか、大人びた怖さと迫力が感じられた。

(つまり、おれの勝ちってことか？)

いや、まだ油断はできないと気を引き締めていると、優香が思いもよらないことを成海に命じた。

「脱いでください」

　これには、言われた成海ばかりでなく、満也もあっ気にとられた。

「ぬ、脱ぐって……」

「服を脱いで、裸になってください」

「ええっ⁉」

「成海さんのマッサージに足りないものを、わたしがからだで教えてあげます」

　成海はもともとＫＢＧ49のファンである。グループのセンターを務めてきた優香は、彼女にとって絶対的な存在にも等しい。よって、その命令を拒めるはずがなかった。

「はい……」

　力なくうなずき、白衣を脱ぐ。操られるように肌をあらわにしてゆく成海を見て、満也はいったいどうなるのかとうろたえるばかりであった。

（これって、おれだけ置いてきぼりのパターンじゃないよな？）

　実際、優香も成海も、こちらにまったく視線をくれない。年下のアイドルに見つめられながら、成海はとうとう素っ裸になった。

（ああ、綺麗だ——）

　初めて目にする彼女のオールヌードに、満也はコクッと唾を呑んだ。鍛えているからか、贅肉がなく引き締まっている。それでいて、お椀型おっぱいは柔らかそうだ。

「ベッドに寝なさい」

優香の命令に、成海は素直に従った。まん丸のおしりを上向きにして、ベッドに腹這いになる。その目は、どこか虚ろであった。

2

「リラックスしてくださいね」

優香が声をかけ、成海に手をのばした。

簡素なベッドに俯せた、二十代後半の素っ裸の女性と、二十歳の下着姿のアイドル。どう贔屓目に見ても、これからマッサージが始まりますという感じではない。淫靡なニオイがぷんぷんする。

実際、優香の瞳はあやしいキラメキを帯びていた。

「ひッ」

成海が息を吸い込むような声をあげ、ヒップをぷるんと震わせる。アイドルの指が、脇腹をすっと撫でたのだ。

「ふふ、敏感なのね」

優香が愉しげな笑みを浮かべる。さらに背中のウエスト部分や太腿の裏側、おしりの丸みもソフトタッチで攻める。ほぼ指先だけを使って。

「あ──あふッ、くうう」

触れられるたびに、成海は身を切なげにくねらせ、艶っぽい喘ぎをこぼした。火照《ほて》ってピンクに染まった肌が、汗の細かな光を反射させる。かなり感じさせられているのは、火を見るよりも明らかだ。

「ほら、ここはどうかしら？」

優香の口調も、支配する立場のものに変わっている。しなやかな指が首筋から耳たぶを愛撫すると、成熟した肢体がガクガクと波打った。そこも性感帯らしい。

「あああああッ！」

あらわな声をあげ、成海が首を反らす。おしりの割れ目がキュッキュッとすぼまり、彼女が得ている感覚を白日の下に晒していた。

(何をやってるんだよ……)

満也は唖然として目の前の光景を眺めていた。もはやこれはマッサージでも何でもないことに、ようやく気がつく。

それと同時に、優香がレズっ子であることも思い出した。

同じKBG49のメンバーである牧田亜美とそういう関係であると、最初に来院したときに彼女は認めたのだ。その後、レズ友ふたりを同時に「診察」することになったのも、今となっては遠い日の出来事のように思える。

そう言えば、かつて優香が、成海を品定めするみたいに見つめていたことがあった。あのときから年上の女を狙っていたのかもしれない。

(優香ちゃん、成海さんをレズの道に引き込むつもりなんだな)

年上の同性を快楽の虜にし、従わせようという魂胆なのか。成海のマッサージに不満をあらわにしたのも、こういう状況にもってくるためだったのだ。

(この様子だと、優香ちゃんは亜美ちゃんだけじゃなくって、KBGの他のメンバーともヤリまくってるんじゃないのか?)

成海がかなり感じているのは、優香のレズテクがそれだけ巧みだからだろう。かなりの経験を積んでいることが窺える。このままでは陥落するのも時間の問題と見えた。

成海のために、このままにしてはおけないと、わかっていながら満也は何もできなかった。女ふたりの戯れに昂ぶり、目が離せなくなっていたからだ。

当然ながら、ブリーフの中のジュニアは硬くなり、ズボンの前を突っ張らせる。

（うう、いやらしい）

年下の指使いに喘ぎ、よがり、身を切なげにくねらせる成海の、なんと色っぽいことか。彼女の痴態を目にするのは初めてではないが、義理の弟である女装っ子を責め苛んでいたときよりもそそられる。まあ、今は責められる立場なのだから当然か。しかも素っ裸で。

ただ、煽情的なのは、目にしているものばかりではなかった。

肌をあらわにしたふたりが、甘ったるい匂いを漂わせる。それは診察室内にもわっと立ちこめていた。甘酸っぱい成分が強くなったのは、成海が汗ばんだからだろう。

それもまた、満也を悩ましい気分にさせていた。

とは言え、いくら昂奮させられても、この場でオナニーを始めるわけにはいかない。己の怒張を掴みだし、しごきたい気持ちは限界近くまで高まっていた。また、仮におっぱじめたところで、冷徹な優香は無視を決め込むに決まっている。

そうとわかっていたからこそ、かえってできなかった。それはひどく屈辱的なことに違いないからだ。

仕方なく、悶々としながら状況を見守っていれば、いよいよ優香が直接的な行動に出る。おしりの割れ目の底部、股間に手を差し入れると、秘められた部分をまさぐったのだ。

「きゃうンッ！」

成海が子犬のような声をあげ、背中を弓なりにする。焦って閉じた太腿をワナワナと震わせた。

「ふふ、もう濡れてる。オマンコがビショビショじゃない」

「あ、あ、やめてぇ」

「こんなにマン汁を垂らしといて、やめても何もないもんだわ」

完全に女王様と化した優香が、女芯に這わせた指を蠢かす。そこからピチャピチャと卑猥な音がたった。

「ほら、聞こえる？　あなたのだらしないオマンコが、こんなにいやらしい音をさせてるのよ」

「あうう、ご、ごめんなさい」

「まったく、指がヌルヌルになっちゃったわ」

淫液にヌメる指を見つめる優香の表情は、喜悦に満ちていた。年上の女を翻弄《ほんろう》することが、愉しくて仕方ないというふう。

さらに彼女は、ふっくらした臀部を割り開くと、谷底を覗き込んだ。

「あら、可愛いおしりの穴じゃない」

「いやぁああ！」

悲鳴をあげた成海が、尻肉をキュッとすぼめる。すると、優香がすかさず丸みの頂上をぴしゃりと叩いた。

「おとなしくしてなさいッ」

叱りつけられ、成海は子供みたいに「あうう」とベソをかいた。抵抗できぬまま、ある意味性器よりも恥ずかしい穴を、じっくりと観察されてしまう。

「シワがちゃんと整ってるわ。色もピンクですごく綺麗。あ、シワのあいだに、小さいホクロがあるわ」

信奉するトップアイドルから肛門を観察される成海の心境たるや、いったいどのようなものであろうか。あいにく満也にはその胸中を推し量ることはできなかったが、真っ赤な顔で小さくしゃくり上げていることからも、かなりの羞恥にまみれていることはわかった。

だが、優香はアヌスを見るだけでは満足しない。無理やり広げられた谷間に鼻面を寄せ、クンクンと嗅ぎ回ったのだ。

「やっぱりここって汗が溜まりやすいのね。蒸れてくさいかも。それに、ちょっとだけウンチの匂いがするわよ」

「いやあ、そ、そんなの嘘よぉ」

「おしりの穴には何もついてないみたいだから、ひょっとしてオナラでもしたの？」

「ああ……」

嘆く成海が屈辱の涙をこぼす。目許も頬もぐしょ濡れだ。

（本当にこれが成海さんなのか……？）

普段の威張りくさった態度が嘘のよう。ずっと年下の女の子から、いいように辱められている。それだけ優香に頭が上がらないということもあるのだろうが、マッサージの腕が満也より劣っていると指摘されたショックが尾を引いていたのかもしれない。

年上の女が抵抗しないのをいいことに、優香の責めはエスカレートする。愛液にまみれた指を口に含み、唾液もたっぷりまつわりつかせると、それで秘肛のツボミをいじりだしたのだ。

「あ、あ、あ、そこはイヤぁ」

もちろん、いくら泣き喚《わめ》こうとも、喜々として同性をなぶるレズ娘が聞き入れるはずがない。

「ふふふ、どう？　トップアイドルからおしりの穴をイタズラされる気分は」

「お、お願い……許して」

「そんなこと言って、ホントは気持ちいいんじゃないの？　だって、さっきからマン汁がいっぱい出てるもの」

「そ、そんなことな――あ、あああッ！」

　優香がどんなふうにアヌスを愛撫しているのか、満也の位置からはまったく見えなかった。ただ、成海が今にもヨダレを垂らさんばかりに表情を蕩けさせ、四肢のあちこちを細かく痙攣させていたから、かなりの快感を得ていることは明らかだ。

（おしりの穴だけで、こんなに感じるなんて……）

　優香のレズ友の亜美もそこが弱点で、満也が指を出し挿れするとオルガスムスに達した。そうすると、成海も同じ性感の持ち主ということなのか。

　ただ、その鋭敏な反応には、優香も戸惑ったようである。

「ここ、すごく感じやすいのね。ほら、今にも指を吸い込んじゃいそうよ」

「い、いや、指なんか挿れないでッ！」

「だけどホントに入っちゃいそうなんだもん。ちょっといじっただけで柔らかくほぐれちゃったし、ひょっとして、いつもアナルエッチをしてるんじゃないの？」

　言われるなり顔色を変え、成海が肩をビクッと震わせる。これには優香ばかりか、満也も驚いた。

（って、図星なのかよ⁉）

成海は義理の弟であるヒロミと、アナルセックスをしているのではないか。血の繋がりはなくとも、さすがに最後まで許すことはできず、後ろの穴を使ったとか。

「ふうん……いやらしいひと」

狙っていた年上の女が、他の人間によってアヌスまで開発されていたことに嫉妬したのだろうか、優香が不機嫌そうに顔をしかめる。愛らしいツボミに突き立てていた指を、とうとう深々と埋め込んだ。

「くはぁあああああーっ！」

成海が長々と尾を引くよがり声をあげる。アイドルの指に秘肛を貫かれ、ビクッ、ビクンと体躯をわななかせた。

「ほら、これがいいんでしょ？」

間を置かずに、指ピストンが繰り出される。

「あ、あ、だ、ダメなの……あああ、指を動かしちゃイヤぁッ」

「こんなに感じてるくせに、今さらなに言ってるのよ」

優香は容赦なかった。尻の谷間に唾液を垂らし、クチュクチュと音が立つほどに指を出し挿れする。時おり、ふくよかな丸みをペチっとぶちながら。

「イヤイヤ、あ、しないでぇ」

口では拒みつつも、成熟した女体は指ファックにダイレクトな反応を示した。全身を波打たせて乱れまくり、呼吸を荒ぶらせる。簡素なベッドが壊れそうに軋んだ。

「ったく、こんなにキュウキュウ締めつけてくれちゃって。これがチンチンだったら、男はとっくに射精してるわよ」

「いやぁ、も、許してぇ」

「許さないわ。さっさとイキなさい」

「あ、ダメ――ほ、ホントにイッちゃううっ」

汗ばんだ裸身がガクンガクンと跳ねる。アイドルに尻の穴を蹂躙《じゅうりん》され、成海はたちまち高みへと至った。

「あ、イク、イクの……くううう、い、イクイクイクイクぅッ！」

年上の女が絶頂したのを見届け、優香がアヌスから指を引き抜く。べっとりと濡れたそこに付着物はなかったようだが、匂いを嗅ぐなり顔をしかめたから、直腸の生々しい臭気がこびりついていたらしい。

優香は肛門を犯した指を、ぐったりしている成海の鼻先にかざした。

「ほら。これがあなたの、おしりの中の匂いなのよ」

「――え?」

鼻を蠢かすなり、成海の顔色が変わる。

「いやあッ!」

悲鳴をあげるなり、指が口に入れられた。

「さ、舐めて綺麗にしなさい」

トップアイドルの命令に、成海は屈辱の涙をこぼしながらも、己の匂いが染みついた指を懸命にしゃぶった。

3

「じゃ、今度はわたしも気持ちよくしてもらおうかしら」

思わせぶりな笑みをこぼしたアイドル娘に、成海は怯えを浮かべた。無理やり指をしゃぶらされた名残で、口許が唾液でべっとりと濡れている。

優香は持参したバッグの中から、透明なボトルを取り出した。中にはピンク色の液体が入っている。

「さ、仰向けになりなさい」

命じられ、成海は天井を見あげて寝そべった。ロケットおっぱいがかたちをほとんど崩すことなく、固めのゼリーみたいにたぷんと揺れる。

「あ────」

満也の視線に気がつき、彼女は焦ったように両腕で胸もとをかばった。けれど、ヴィーナスの丘に逆立つ恥毛にまでは、気が回らなかったらしい。

（うう、なんてエロいからだをしてるんだよ）

ベッドに横たわる裸身は、汗ばんだ肌が細かな露を反射させる。オルガスムスに達した直後だからか、いっそうなまめかしく感じられた。

成海にはたびたび罵られ、酷い目に遭わされてきた。けれど、色めいた裸体を見せつけられれば、ひとりの男として欲望を覚えずにいられない。そうやって成海に熱い視線を向けていたのが、優香は面白くなかったらしい。

「ふん。やらしい目しちゃって」

不満げなつぶやきにそちらを見れば、トップアイドルが己のブラジャーのホックをはずしたところであった。

ぷるるん────。

成海ほどのボリュームはないものの、柔らかそうな美乳がカップからこぼれ落ちる。

(うわあ……)

彼女のナマおっぱいを目撃するのは初めてではない。それでも満也は、目も心もそちらに奪われた。

「ふふ」

満足げにほほ笑んだ優香が、大人っぽい紫色のパンティもするりと剥きおろす。これで成海と同じく素っ裸だ。

(嘘だろ——⁉)

国民的アイドルグループのセンターを務める美少女が、目の前ですべてをさらけ出しているのだ。卵型にきちんと処理された、栗毛色の秘毛も隠そうとはせずに。

(ゆ、優香ちゃんのハダカ)

茫然となって見とれる満也を尻目に、優香はバッグから出したボトルを手に取り、中の液体を成海の腹部に垂らした。たらーっと糸を引いて滴ったそれは、どうやらローションらしい。

「やン」

冷たかったのか、成海が眉をひそめる。そんなことにはおかまいなく、優香は垂らした粘液を年上の女の肌に塗り広げた。

「ほら、手が邪魔」

乳房を庇《かば》う腕をほどかせ、たわわなふくらみを両手でヌルヌルと揉み撫でる。頂上の尖りも摘んで転がした。

「あ、あ、ダメ――」

成海が頬を真っ赤にして抗う。けれど快感を与えられているのは明らかで、息づかいが次第に荒くなった。

「どう、わたしのマッサージは。気持ちいいでしょ？」

優香も息をはずませ、蕩ける眼差しを成海に向ける。ローションにまみれた柔肌が、あやしい艶を帯びだした。

（て、こんなのマッサージじゃないよ）

単なる愛撫というか、性的なサービスだ。これがマッサージとして通用するのは風俗産業と、アダルトビデオぐらいである。

プロの整体師である成海も、もちろんそんなことはわかっているはず。しかし、年下の娘によってもたらされる悦びが、まともな思考を阻害していたようだ。

「あ、あ、あ、あふン」

艶っぽい声を洩らし、粘液で濡れ光るボディをくねくねさせるのみ。優香の手は上半身の前面を余すところなく撫で回し、どこに触れられても感じてしまうようだ。

(成海さん、こういうのに慣れてないんだな)

仕事でマッサージをするときに、オイルぐらいなら使うことがあるだろう。けれど、自分がされるわけではないし、ここまでヌルヌルになるのも初めてではないのか。

おまけに相手は、百戦錬磨と思しきレズっ娘なのだ。

「ああ、あああ、も、もうダメぇ」

優香の指がどこに触れても、成海は艶肌をビクビクとわななかせる。表情も悦びに蕩け、目の焦点が合っていないふうだ。

(まだアソコもいじっていないのに)

だが、ローションを垂らさずとも、陰部がドロドロのヌルヌル状態なのは間違いあるまい。発情熱を帯びた女性器が放つヨーグルト臭が、満也のほうにまで漂ってきた。

「もうだいぶいいみたいね。じゃ、わたしもお仲間にさせてもらうわ」

優香はローションを手に取ると、自らの肌にも塗り広げた。そうして胸を上下させる年上の女に身を重ねる。

「あああ……」

すでにまともな判断能力を失っているらしい成海は、相手が誰なのかすらわかっていないのではないか。アイドル少女の背中に両腕を回し、縋るように抱きついた。

「うふ、可愛いわ、成海さん――」

優香がヌメる柔肌をこすりつける。くりんと丸いかたち良いヒップを、いやらしく振りながら。

にゅる……ずちゃ――。

ローションが卑猥な粘つきをたてる。二対の豊乳がひしゃげて、抱きあったふたりのあいだから今にもこぼれそうだ。

「あん、気持ちいい……やっぱりローションっていいわぁ」

優香が感極まった声をあげれば、それに呼応するように成海がよがる。

「ああ、あ、いやぁ」

歓喜の声を洩らす半開きの唇を、優香はうっとりした目で見つめた。もしやと思う間もなく、女同士が熱いくちづけを交わす。

「むぅ、ふうう」

「ンふ、う――うぅ」

煽情的な息づかいと共に、ピチャピチャと舌を絡めあう音まで聞こえたものだから、満也は唖然となった。

(成海さん、本当にレズになっちゃったのか⁉)

それとも、キスの相手が同性だと気づいていないのか。いや、抱きあっている相手におっぱいがあることぐらい、わかるはずなのだが。おまけに、互いの股間を膝で刺激しあっているようなのだ。

(すごく気持ちよさそうだ)

女同士の濃厚な接吻と抱擁に、満也は瞬きを忘れるほど惹き込まれた。

何分続いたかも定かではない長いくちづけのあと、唇をはずした優香が不意に視線をこちらに向ける。満也はドキッとした。

「センセイ、昂奮してるんでしょ」

質問ではなく断定の口調で言われ、反論ができない。実際、股間の分身は熱い先走りをトロトロとこぼすほど、劣情にまみれていたのだ。

「だったら、自分で始めちゃってもいいですよ」

「え?」

「オナニーしてもいいってこと」

ストレートな単語を口にされ、いきり立ったジュニアがビクンと脈打つ。一刻も早くそうしてくれと、訴えるかのように。

「わたしたちはわたしたちで愉しんでますから、どうぞご自由に」

フフンと挑発的な微笑を浮かべるなり、優香がからだの向きを変える。パートナーの脚を開かせ、そのあいだに顔を入れる前に、

「成海さん、わたしのおまんこもナメナメしてぇ」

淫らなおねだりをして、羞恥部分を年上の女の口許に密着させた。

「むうううぅ」

成海が呻き、抗いを示したのはほんの一瞬だった。

「あふぅ、感じる」

優香が首を反らし、下半身を悶えさせる。ぢゅぢゅッとはしたない音が聞こえたから、成海に秘部を吸いねぶられているのだ。

そして、お返しをするように、アイドル少女も同性の中心に顔を埋めた。

（うう、エロすぎる……）

女同士のシックスナインに魅せられ、満也のペニスはほとんど爆発寸前であった。

もうなりふりかまっていられないと、ズボンとブリーフを足首まで脱ぎ落とす。

このままでは破裂するのではないかと思えるほど、肉棒は強ばりきっていた。まさ

に昂奮の極みに置かれた状態か。軽く握っただけで、目のくらむ快美が背すじをズキンと駆け抜けた。

「ううう」

多量に洩れたカウパー腺液で、亀頭はそれこそローションでも垂らしたみたいにヌルヌルだ。自家製潤滑液を指に搦《から》めて硬い肉胴をしごけば、膝が笑って立っていられなくなる。

満也はそばにあった丸椅子に腰かけ、息を荒ぶらせながら孤独なひとり遊戯に耽った。互いの秘所を舐めあうふたりの女性を見つめながら。

ローションにまみれた女体が絡みあう様は、動物的な生々しさがある。それでいて、柔らかなボディがヌルヌルとこすれあうのは、見るからに気持ちよさそうだ。あいだに挟まれて、一緒にもつれあいたくなる。

もっとも、本当にそんなことが叶ったら、一分ともたずに爆発しただろう。

「むぅ、うッ、ふうううう」

成海の呻き声が大きくなる。女同士の行為は優香のほうが慣れているし、クンニリングスも巧みらしい。両脚が切なげに曲げ伸ばしされ、今にも達してしまいそうだ。

ただ、それでは面白くないと思ったのか、優香はまたも年上の女を辱めだした。

「成海さんのおしりの穴、ホントに可愛いわ」

両腿を抱え込み、ヒップを上向きにさせると、頭をさらに深く入れる。

「むふッ、う、くうううう」

成熟した下半身が暴れ出したから、アヌスに舌を這わされたに違いない。むっちりした太腿を痙攣させ、成海はくすぐったそうに腰をよじった。

それでも、秘められたツボミはやはり感じやすく、反応に艶めきが現れる。

「むっ、ンふぅッ、ううう」

波打つ裸身が官能に染まり、歓喜に身悶える。それが成海の舌づかいもねちっこくさせたのだろう、アイドル少女の息づかいも荒くなった。

「むううう――あ、そこぉ」

堪えきれなくなったらしく、優香がのけ反って喜悦の声をあげる。同性の顔の上で、愛らしいヒップをぷりぷりとはずませた。

それを反撃の好機と捉えたか、成海がぢゅぢゅッと淫蜜をすする。

「あひッ、は、あああ、それいいッ」

優香があられもないことを口走り、ハッハッと息を荒ぶらせる。形勢が逆転し、今度は彼女のほうがイッてしまいそうだ。

それを目の当たりにする満也も、いよいよ限界を迎えようとしていた。

（うう、いきそうだ）

熱いトロミがペニスの根元に溜まり、フツフツと煮えたぎっている。忍耐が少しも働かず、あとは射精欲求に巻かれて手を動かし続けるのみ。

「あ、あッ、イク――あああ、イッちゃふぅううーッ！」

体躯をワナワナと震わせて、トップアイドルが絶頂する。数秒遅れて、満也も昇りつめた。

「むうう」

めくるめく愉悦に脳を蕩かせ、多量の白濁液を放出する。いく度もほとばしったそれは、床に落ちてピチャッとはじけた。

4

（ああ、こんなに出しちゃった……）

オルガスムスの余韻にひたりながら、満也は床に飛び散ったザーメンをぼんやりと眺めた。全身が心地よい気怠さにまみれ、ペニスを握ったままの手を無意識にゆるゆると動かしてしまう。

おかげで、勃起は少しも萎えることなく、はち切れそうに脈打ったままであった。

絶頂した優香がのろのろと動く。ローションにまみれた裸身で器用に向きを変え、成海に抱きついてキスをした。

「ンぅ……」

もはや完全にトップアイドルのしもべ、いや、オモチャと成り果てたか、成海は少しも抵抗せずに優香のくちづけを受け入れる。

互いの秘部を吸いしゃぶった唇を重ね、貪りあうふたりに、満也はいつしか現実感を失くしていた。それまでも信じ難い光景が繰り広げられていたのだが、いよいよこれは夢ではないかと思えてくる。

だからこそ、優香の命令にもためらうことなく従ったのだ。

「センセイ、全部脱いでこっちに来て」

くちづけをほどいたアイドル少女が、妖艶な眼差しを向ける。満也は操られるみたいに立ちあがり、言われたとおりにすべて脱ぎ捨てて全裸になった。猛る分身を上下に揺らしながら、ふたつの女体が重なったベッドのほうに足を進める。

「ふふ、こんなにしちゃって」

肉色も生々しい牡の槍を間近に見ても、優香は少しも怯まなかった。むしろ愉しげに口許をほころばせ、赤く腫れた頭部を指先でちょんと突く。

「あうッ」

快美電流が背すじを駆け抜け、満也は呻いて腰を引いた。

「わたしがイクのを見て、センセイもいっぱい出したんでしょ？　なのに、まだこんなに元気なのね」

「うん、まあ……」

「ひょっとして、エッチしたいの？」

あたかも誘うような口ぶりだったものだから、ドキッとする。ひょっとしてヤラせてくれるのかと、期待がふくれあがった。

「そりゃ……」

「ねえ、センセイって、まだ童貞？」

「う、うん」

「ふうん」

やっぱりねという顔でうなずかれ、頬が熱くなる。

「ね、オチンチンもっと突き出して」

「え？」

「ほら、こっちよ」

優香に掴まれた肉棒は、まだ目を閉じてぐったりしている成海の、顔の真上まで引きずり出された。

「成海さん、目を開けて」

優香の呼びかけに、成海が瞼をゆっくり開く。寝ぼけたみたいにぼんやりしていた目が、牡の怒張を捉えるなり驚愕に見開かれた。

「え――!?」

「さ、舐めてあげなさい」

半開きになった年上の女の唇に、優香が赤く腫れた亀頭を押しつける。

「む――ううう、い、イヤぁ」

成海は顔を歪めて抗ったものの、優香は容赦しなかった。固く結ばれた口許に、ペニスを執拗にヌルヌルとこすりつける。

「むふぅ」

敏感な包皮の継ぎ目部分を刺激され、満也は快さに鼻息を荒ぶらせた。そして、とうとう根負けした成海が口を開き、赤剥けた頭部がすっぽりと含まれる。

「くあああっ」

温かな舌がまつわりつき、チュッと吸われる。それだけで爆発しそうになり、膝が崩れそうに震えた。

成海からフェラチオをされるのは、これが初めてではない。最初に優香をマッサージしたとき、このままでは昂奮しすぎてトップアイドルを犯してしまうと理屈をこね、勃起を処理してくれるよう頼んだ。渋々手でしごいてくれた彼女は、ほとばしった牡のエキスを口で受けとめたのである。

だが、今の成海は、顔こそしかめているものの、あのときとは比べものにならない丹念な舌づかいで快感を与えてくれる。優香と愛撫を交わした名残が、まだ体内でくすぶっているのではないか。もっと気持ちいいことがしたいと、肉体が欲しているのかもしれない。

「じゃ、わたしもいっしょにペロペロしてあげるわ」

そこに優香も加わる。上下からふっくらした唇で捉えられたジュニアは、感激と歓喜に小躍りした。

（あああ、すごい）

成海の舌が、敏感な小帯をチロチロと舐めくすぐる。優香は血管の浮いた胴を横咥えし、甘噛みしながら唾液をたっぷりとまぶしてくれる。

ねちっこいダブルフェラに、射精したばかりの肉根がビクンビクンとしゃくり上げる。鈴口から白く濁った先走り液を多量に滴らせた。

（うう、まずいよ……）

このまま早々に果ててしまっては、あまりにだらしない。懸命に尻の穴を引き絞って堪えるものの、体幹の神経が甘く蕩け、射精を回避することが著しく困難になる。

満也は血の気を失うほどに下唇を噛み、理性を振り絞った。あと一分も長く続けられたら、完全にアウトだったろう。

「──ね、成海さん」

優香が唇をはずし、声をかける。成海も舌をついと引っ込め、満也は危機的状況から逃れることができた。

「え？」

「センセイのオチンチン、壊れちゃいそうよ。ちゃんとイカせてあげないと可哀相だわ」

「ん……」

「じゃあ、どっちがエッチさせてあげる？」

これには成海はもちろんのこと、満也も仰天した。

「ええぇ、エッチって⁉」

うろたえまくる年上の女に、優香がしれっとした口調で告げる。

「だって、いつまでも童貞なんてみっともないじゃない。そのせいでセンセイは患者さんにセクハラばっかりしてるんだし、このままだと誰もここに来なくなるわよ」

「それは……でも――」

「ちゃんと男にしてあげたほうがいいと思うんだけどな。センセイのためだけじゃなくって、こうえんじ鍼灸整骨院のためにも」

「だ、だからって、どうしてゆっちゃあたしが、こんなやつの相手をしなくちゃいけないのよ⁉」

「だって、他にいないんだからしょうがないじゃない。誰が好き好んで、こんなド変態クソ童貞とエッチするっていうのよ？　これはもう完全にボランティアなんだからね」

酷い言われように、満也はムッとしかけたものの、いよいよ初体験かと思えばさほど腹は立たなかった。むしろ、

（優香ちゃんって口は悪いけど、本当はいい子なのかも。ああ、どっちがヤラせてく

れるんだろう）

　と、ワクワクする始末。もちろん、どうせならトップアイドルに筆おろしをお願いしたいところだ。

「あ、あたしは絶対にイヤよ！」

　成海がきっぱり拒絶すると、優香は仕方ないという顔つきで彼女から身を剥がした。

「わかったわ。だったら、わたしがセンセイの童貞を切ってあげる」

「ええっ!?」

「じゃ、センセイと交代して」

　困惑をあらわにする成海を追い立て、優香は満也に「じゃ、ここに寝て」と命じた。

（マジかよ……）

　願ったとおりの展開になり、満也はすっかり有頂天になった。素直にベッドにあがって仰向けになれば、アイドル少女がそそり立つペニスにローションを垂らす。

「おおおお」

　巧みな手つきで分身をヌルヌルとしごかれ、満也はまたも爆発しそうになった。しかし、ここでイッたらせっかくのチャンスを逃してしまう。満也は鬼の形相で忍耐をフル稼働させた。

「うん。これだけすべりがよければ、おまんこにヌルッて入っちゃうわね」

優香は絶頂させるつもりはなかったようである。無邪気な笑みをこぼしつつ、卑猥な単語を平然と口にした。ただペニスを潤滑しただけだったらしい。

さらに彼女は、自身の秘部にもローションを塗り込めた。「あん」と、なまめかしい声を洩らして。それから、頬を赤らめて満也の腰を跨いだ。

「じゃ、いよいよ童貞とバイバイだね」

そそり立つものを逆手に握り、愉しげに口許をほころばせる。亀頭が女芯にこすりつけられ、そこからうっとりするような温かさが伝わってきた。

（ああ、本当に優香ちゃんと初体験ができるなんて——）

運命的なものすら感じつつ、満也はジュニアを脈打たせた。牡も牝もたっぷりと濡れており、彼女がヒップを落とすだけで、難なく結合が果たせるはずであった。

「するわよ」

さすがに緊張の面持ちになったアイドルが、わずかに身じろぎする。たわわなおっぱいがぷるんとはずみ、牡の先端が蜜壺にめり込んだ。

そのとき、

「だ——ダメぇッ！」

金切り声に近い悲鳴があがり、満也はビクッとなった。優香も動きを停止する。

「ゆ、ゆっちはそんなことしちゃダメなのッ。トップアイドルが、こんなクソ童貞とエッチなんかしちゃいけないのよぉ」

成海が涙を浮かべて非難する。もうちょっとだったのにと、満也は顔をしかめた。

「だったら、成海さんが代わりにする？」

優香に冷静な口調で切り替えされ、成海は言葉に詰まった。悔しげに顔を歪めたものの、決意を固めるように小さくうなずく。

「わ……わかったわ」

「え？」

「ああ、あたしがこいつとエッチするわよッ！」

ヤケクソ気味の宣言を聞くなり、優香が腰の上からパッと飛び退く。まるで、こうなることを予期していたかのように。

「じゃ、どうぞ」

その変わり身の早さに、満也はあっ気にとられた。成海も同じだったらしく、ぽかんとしている。

（優香ちゃん、最初からこうなるってわかってたんだな）

ＫＢＧ49の信奉者である成海が、黙って見ているはずがない。だからこそ、ためらいもなく交わろうとしたのだろう。

（まあ、おれはべつに成海さんでもいいんだけど……）

童貞を卒業できるのであれば、相手が優香でなくともかまわない。それに、成海だって充分に魅力的な女性なのだから。

ただ、ひとつ気になるのは、自分がすると言っておきながら、彼女がやけに蒼白い顔をしていることだ。

「初めては、やっぱり正常位がいいわよね」

と、優香に促されてベッドに仰臥してからも、緊張のためか全身を強ばらせている。

（そんなにおれとするのがイヤなのかよ）

満也はいささか傷ついたものの、これまでさんざん虐げられてきたものだから、成海に同情しなかった。むしろ、これでお返しができるとさえ思っていたのだ。

「わたしが導いてあげるわ」

優香にペニスを握られ、女体に身を重ねる。猛る肉棒の切っ先が濡れ割れに密着し、いよいよだと腰を震わせたとき、

「うう……」

成海が悲痛な声を洩らし、閉じた瞼から涙をポロリとこぼした。

5

（え――!?）

成海の涙に、満也はうろたえた。そんなに自分とセックスするのが嫌なのかとショックを受けると同時に、憐憫も覚える。

（まあ、たしかにそうだよな……）

何も苦労していない年下の男よりもマッサージの腕が劣っていると言われ、さらに美少女からさんざん辱められた挙げ句、負けた相手に犯されようとしているのだ。屈辱を覚えるのは当然であろう。

やはりこんなかたちで成海と初体験を遂げるのは間違っている。しかしながら、すでに亀頭は温かく濡れたところにめり込んでいた。たっぷりと潤滑されている牝穴は、ほんの少し腰を前に出すだけで、牡の漲《みなぎ》りをずむずむと受け入れるに違いない。

（ああ、どうすればいいんだろう）

迷っているあいだにも、優香が手にした強ばりを上下に動かす。濡れた粘膜同士がこすれ合い、ニチャニチャと卑猥な音をたてた。

「ほら、どうしたの？　早く挿れなさい。これでセンセイは童貞じゃなくなるのよ」

誘惑の言葉にも理性を翻弄され、このまま挿入したくなる。けれど、小さくしゃくり上げる成海を目にすると、とても無慈悲な真似はできなかった。

（くそ、どうしたっていうんだよ）

なんて度胸がないのかと、自分が情けなくなる。これでは童貞をこじらせるのも当然だ。

「ちょっと、なにグズグズしてるのよ⁉」

優香が苛立ちをあらわにする。ペニスを引っ張り、無理やり膣内へ導こうとした。

そのとき、満也はこの場を逃れる言い訳をとっさに思いついた。

「あ、ちょ、ちょっと待って」

「え？」

「優香ちゃんの手がすごく気持ちいいから、もうイッちゃいそうなんだ」

言われて、彼女が勃起からパッと手を離す。それから不機嫌そうに頬をふくらませた。

「さっき出したばっかりじゃない。早すぎるんじゃないの？」

「だって、そのあとふたりからフェラされて、しかも優香ちゃんともう少しで初体験ってところまでいったんだ。あれで昂奮しすぎたんだよ。このままだと、挿れてもすぐに出ちゃうだろうし、せっかくの初体験でそんなことになったら、かえって男としての自信を失っちゃうから意味ないよ」

「だからって……」

不服げに眉間のシワを刻みつつも、優香は仕方ないわねという顔でため息をついた。

「じゃあ、深呼吸して、落ち着いてからおまんこに挿れましょ」

どうにか難を逃れて、満也は安堵した。成海から身を剥がしてひと息つく。

しかし、それも一時しのぎでしかなかったようだ。ふたりにセックスさせることを優香はあきらめておらず、今度は成海の秘部に指を添えて愛撫する。クリトリスを包皮越しに圧迫し、巧みなバイブレーションを与えた。

「あ、あ、あ――」

歓喜にくねる女体を小気味よさげに見つめ、美少女が妖艶な笑みをこぼす。

「オチンチンがヌルッて入るように、たっぷり濡らしてあげるわ」

さらに人差し指と中指を揃え、膣に挿入したのである。

「ああ、い、いやぁ」

「ふふ、成海さんのおまんこの中、とってもあったかいわ。それに、ヒダがいっぱいあって気持ちよさそう。たしかにこれだと、オチンチンを挿れたらすぐにどっぴゅんしちゃうかもね」

トップアイドルらしからぬ卑猥な言葉遣いに、満也は圧倒された。二本揃えた指がリズミカルに出し挿れされ、クチュクチュと音を立てるのにも欲望を煽られる。そそり立ったままのペニスが暴れ、鈴口に溜まった先走り液を撒き散らした。

(優香ちゃん、ひとが変わったみたいだ)

もともと勝ち気な性格ではあったが、今日はそれ以上に荒んだ感じすらある。もしかしたら、ＫＢＧ49を卒業することに不安があるのだろうか。

(だから成海さんやおれに八つ当たりをしてるのだとか)

そう考えると同情の余地は多分にあるものの、こちらが振り回されている状況に変わりはない。どうすればいいのだろうと悩みつつ、同性の指ピストンによがる成海に目を奪われる。

「あ、あ、いやぁ、い、イッちゃうぅ」

ナマ白い下腹がなまめかしく波打つ。昇りつめた瞬間、泡立った牝汁を滴らせる女芯から、透明な液体が勢いよくほとばしった。どうやらＧスポットを刺激され、潮を噴いたようである。

（すごい……）

やはり女同士だから、どこが弱点かわかるのだろう。イッたあともなかなか快感が引かないらしく、成海はハッハッと息を荒らげ、手足を痙攣させ続けた。

「わ、おまんこがすっごく締まってる。それにヒダが動いてるわ」

悩ましげに眉根を寄せた優香が、嵌まったままの二本指を回転させる。すると、女らしく成熟したボディがいやらしく身悶えた。

「あああ、ま、また来るぅッ！」

簡素な施術用ベッドを軋ませ、成海は続けざまのオルガスムスに身を投じた。

「いくッ、イクぅ――くはぁあああっ！」

ローションで濡れ光る肢体がくねり、また盛大に潮を噴く。

びゅッ、びゅるっ、ぷしゃあああーッ！

しぶきは正面にいる満也の下半身にもかかり、いきり立つジュニアを濡らした。

（いやらしすぎるよ、こんなの……）

ここまで煽情的なものを見せつけられたら、ペニスを愛撫されずとも感じてしまう。手を触れずとも射精するのではないかというぐらいに、分身はガチガチに強ばりきっていた。

（あ、そうか！）

不意に満也は突破口を見出した。なおもしつこく女窟を抉る美少女の指をじっと見つめ、それが自身のイチモツであると思い込みながら妄想する。

（ああ、成海さんのオマンコに、おれのチンポがずっぷり入ってる。ヌルヌルして、すごく気持ちいい。それに温かくて、キュッと締めつけてくれるんだ。たまんないよ。もう出ちゃいそうだ——）

全身に震えがくるほどに意識を集中させ、頭の中で懸命に腰を振る。おかげで、本当にセックスをしているみたいな快さに全身が包まれ、股間の分身も一触即発という域にまでに昂ぶった。

「あ、イク、イクイク、くうううーッ！」

成海が三度目のアクメに達したときには、引き込まれて爆発するところであった。

（よし、これなら）

荒ぶる鼻息を悟られないよう、全身を射精欲求で満たす。満也はギラついた目から血を噴きそうなほどに高まっていた。

「そろそろ落ち着いたころよね」

優香がこちらを向き、淫蕩な微笑を浮かべる。満也は無言でうなずいた。

「じゃ、いよいよ童貞とサヨナラね」

しかし、愉しげに牡の屹立を握るなり、彼女の顔色が変わった。

「え、ウソ――」

鉄をも貫きかねない硬さのペニスにギョッとしたようである。途端に、満也はめくるめく絶頂感に襲われた。

「あああ、い、いくぅ」

「え、ちょ、ちょっと」

焦る美少女にはおかまいなく、のけ反って腰をカクカクと上下させる。柔らかな手で握られた分身がしごかれ、愉悦にまみれたそれが濃厚な牡汁を噴射した。

どぴゅんッ！

勢いよく宙を舞ったものが、優香の顔面を直撃する。

「キャッ」

ザーメンの目つぶしを喰らい、パニックに陥ったのだろう。彼女はそれ以上の射精を押し止めるように勃起を強く握ったものの、満也にさらなる悦びを与えただけであった。

「うほぉおお」

オルガスムスの大きな波に巻かれた満也は、多量の白濁液をびゅるびゅると放ち続けた。飛び散ったものは美少女の腕や乳房、髪にまで降りかかる。

「くはッ、ああ、ああ――」

全身が蕩ける歓喜にどっぷりとひたり、満也はトップアイドルが己の精汁で汚されていくところを呆然と眺めた。

「うう、も、ヤダぁー」

青くさい粘液に顔をしかめ、優香が泣きべそをかく。そんなところにも妙にそそられ、彼は最後のひと雫をじわっと溢れさせた。

「ったく、アイドルに顔射するなんてどういうことよ⁉　信じられない！」

浴室でシャワーを浴びたあとも、優香は激怒しっぱなしであった。身繕いをしながら目も眉も急角度で吊り上げ、未だ素っ裸のままぐったりしている満也を罵る。

「ごめん……」

なかなかおとなしくならない呼吸を持て余しながら、満也は頭を下げた。股間のジュニアも持ち主と同じくうな垂れ、先端に反省の雫を光らせている。

「せっかく初体験をさせてあげようと思ったのに、あんな早漏じゃ話にならないわ。

あんたなんか、一生童貞でいればいいのよ。童貞のまま死んで、童貞の神様として馬鹿にされ続ければいいんだわっ！」

訳のわからないことをまくしたてると、彼女は足音を荒々しく響かせて出ていった。最後に「このクソ童貞。さっさと死ねっ！」と捨て台詞を放ち、ドアをバタンと勢いよく閉めて。

診察室に静寂が戻る。満也はふうとため息をついた。

（……何やってたんだろ、おれ）

せっかく童貞を卒業できるチャンスだったのに、自ら逃してしまった。優香も完全に怒らせてしまったし、もう二度とここへは来ないだろう。

だが、涙をこぼした成海に挿入することはできなかったのだ。それに、もしもあのまま行為を続けていたら、今以上に後悔したに違いない。

イキ疲れたのであろう。成海はベッドの上で小さな寝息をたてている。一糸まとわぬ裸身をどこも隠さずに。

魅惑のヌードに未練の眼差しを向けつつ、満也はこれでよかったんだと自らに言い聞かせた。だが、優香の言い放った『一生童貞』という言葉が耳を離れない。本当にそうなるかもしれないと考えると、情けなくて瞼の裏が熱くなった。

「ん……」

成海が小さな声を洩らし、瞼を開く。満也に気がつくと、虚ろな目で見つめてきた。

「……ゆっちは帰ったの？」

「う、うん」

「そう」

彼女はゆっくり起きあがり、頭を振った。それから、ローションにヌメったままのからだを見おろし、顔をしかめる。

「うう、ヌルヌルして気持ち悪い……」

「あ、だったらシャワー浴びたら？」

「そうするわ」

床に足をついた成海が不満げに睨んできたものだから、満也はドキッとした。

「え、なに？」

「いっしょに来てよ」

「え？」

「背中までベタベタなんだもの。洗ってくれてもいいでしょ」

「う、うん」

満也は焦り気味に立ちあがった。

（つまり、いっしょにシャワーを浴びるってことなのか？）

いいのかなと思いつつ、ぷりぷりとはずむヒップのあとを急いで追った。

6

バスルームにふたりで入るなり、満也は成海からいいように扱われた。

「ほら、早くシャワーのお湯を出して。あ、髪は濡らさないでよ」

「スポンジにボディソープをつけて——そうよ。あんたがあたしを洗うのに決まってるじゃない」

「ああ、もう、ヘタクソねえ。ったく、これだから女を知らない童貞は」

ワガママ放題に命令され、果ては罵られ、銭湯の三助《さんすけ》さながらに奉仕させられる。いや、三助というよりソープ嬢か。男だからソープ坊かもしれない。

ついさっきセックス寸前までいったとは言え、もはや行為を強要するアイドル少女はいない。そのため、満也は完全に腰が引けていた。成海がどこも隠さずに堂々としていたものだから、かえって臆してしまう。

それでも、どうにか背中からおしり、しゃがみ込んで脚の裏側まで洗い終える。ぷりっとした豊かな双丘を、泡と雫が伝うのを目にしただけでおかしな気分になりそうだったが、どうにか堪えた。

ところが、いきなり彼女が前屈みになり、ヒップを真後ろに突き出したものだからドキッとする。

「割れ目の中にもローションが残ってるかもしれないから、ちゃんと綺麗にして」

そう言って両手を後ろにまわし、肉厚の臀部を自ら開いた。

あらわに晒された谷底には、薄茶色の色素が沈着している。その中心には、放射状のシワをキュッと引き結んだアヌスがあった。

ローションかお湯かは見ただけで判別できないが、濡れ光る秘肛はやけに生々しい。そのすぐ下には、ほころびかけた淫靡な肉唇が半分ほど見えた。

思わずコクッと唾を呑み、満也は羞恥部分に見とれてしまった。そのため、成海が苛立ったふうに熟れ尻を揺する。

「早くしなさいよ。恥ずかしいじゃない」

なじられて、慌ててスポンジの端で尻割れの内側を拭う。愛らしいツボミをこすられた瞬間、彼女は「あン」と声を洩らし、艶肌をぷるんと波打たせた。

（感じてるんだ……）

優香に指を挿れられてイッたぐらいである。やはりそこは弱点のようだ。

「じゃ、じゃあ、次は前よ」

成海が焦りをあらわに腰をのばし、回れ右をする。ほっぺたが真っ赤になっていたから、本当に恥ずかしかったらしい。

（だったら、どうしてこんなことまでさせるんだろう……）

さっぱり訳がわからない。だが、目の前に濡れて恥丘に張りついた秘毛があるものだから、悠長に考えている余裕などなかった。

「上から洗って。まずはおっぱいから」

「あ、うん」

スポンジを手に立ちあがろうとして、満也は気がついた。力尽きていたはずのジュニアが、ふくらみかけていることに。

（わわ、まずい）

また勃起させようものなら、成海にどやしつけられるに違いない。どんなときでもヤリたがりの童貞野郎だと。

懸命に平常心を保ちながら、満也はスポンジでお椀型の乳房を洗おうとした。しかし、

「そんなの使わないで」

成海の言葉に「え？」となる。

「おっぱいはデリケートなのよ。手で綺麗にしてちょうだい」

この注文にも、戸惑わずにいられなかった。

「て——手で!?」

「そうよ。ほら、早く」

「う、うん」

いいんだろうかと思いつつ、満也はボディーソープを手に取り、両手で充分に泡立てた。なるべく直に触れないよう、膜のようなものをこしらえたほうがいいと思ったのだ。

「じゃ、さわる——あわわ、あ、洗うよ」

怖ず怖ずと両手を伸ばし、左右のふくらみに手のひらをかぶせる。手ではなく泡で洗うみたいに、触れるか触れないかという微妙な距離をキープした。

そうして手を回すように動かせば、成海がくすぐったそうに吐息をはずませる。

「や、やん……もぉ」

艶っぽい声を洩らし、上半身を切なげにくねらせた。

「ばば、バカ、なんて洗い方してるのよ」

「え、だって」

「そんなことされたら、よ、よけいに感じちゃうじゃない」

睨みつけられ、満也は肩をすくめた。だが、やはり強く触れることはできない。どうしても遠慮してしまうのだ。ところが、

「だいたい、さっきはあたしをオカそうとしたくせに、おっぱいをさわるぐらい今さらどうだっていうのよ」

彼女の恨みがましげな発言に、仰天して目を見開く。反射的に乳房をギュッと掴んでしまい、「痛ッ」と悲鳴をあげられた。

「あ、ご、ごめん」

「何するのよ、もう」

「だって、成海さんが変なこと言うから……」

「なによ。オカそうとしたのは事実でしょ」

憤慨の面持ちで決めつけた成海が、けれどふと真顔になる。

「ていうか、どうしてエッチしなかったのよ？　挿れる前に出して、ゆっちの顔にぶっかけたのだって、あれ、ワザとでしょ!?」

どうやら見抜かれていたらしい。満也は観念してうなずいた。

「ああ、そうだよ」

「どうしてあんなことしたのよ？」

「……成海さんが泣いてたからだよ」

「え？」

「おれが挿れようとしたら、成海さん、涙をこぼしたじゃないか。おれとするのがそんなにイヤなんだなってわかったから、しないで済むようにしたんじゃないか」

告げるなり、成海が「はあ？」とあきれたものだから、満也は混乱した。

（え、違ったのか？）

何か勘違いをしたのだろうかとうろたえると、彼女がやるせなさげにため息をつく。

「……涙が出たのは、そういう理由からじゃないわよ」

「え、それじゃ――」

「あんたにマッサージの勝負で負けて、ゆっちにもさんざんイジメられて自分が情けなくなったから、泣きそうになっただけよ。それでヤケにもなってたから、べつにエッチしたってよかったのに」

では、あのまま初体験を遂げても何ら問題はなかったというのか。早合点してせっかくのチャンスを逃したのだとわかり、満也は全身から力が抜けるのを覚えた。

（何なんだよ、それは）

落胆したものの、やっぱりあれでよかったのではないかとも思える。理由は何であれ、泣いている成海とセックスするなんて、結局は後味が悪いことになったであろう。それに彼女のほうも、ヤケっぱちで関係を持てば、あとで悔やむことになったはずだ。

（ま、いいさ。そもそも初体験なんて、あんなふうに強要されてするものじゃないし）

そのうちチャンスもあるだろうと、ほとんど期待の持てない望みを抱いたところで、成海がポツリとつぶやいた。

「でも……ありがと」

「え？」

「あんた、あたしのことを心配してくれたんでしょ？　それは感謝してあげるわよ」

恩着せがましいお礼に、満也は顔をしかめた。だが、彼女が落ち着かなく目を泳がせているのを見て、照れているのだと理解する。

（成海さんらしいな……）

何となくホッとしたとき、ふくらみかけていたペニスをいきなり握られた。

「あうッ」

勃起しないよう堪えていたのに、忍耐の壁があっ気なく崩される。柔らかな指は涙ぐみたくなる快さを与えてくれて、さらに揉むようにしごかれたものだから、そこはたちまち膨張して上向きになった。

「あ、すごい」

成海が目を丸くする。

「また大きくしちゃって……ホント際限ないんだから」

忌々しげになじられ、満也は快感に身をよじりながら、「うう……ごめん」と謝った。

「あんなにいっぱい出したのに、まだいやらしいことがしたいの?」

「いや、だって、成海さんがさわるから」

「だからって、ここまで硬くしなくてもいいと思うんだけど」

絡めた指に強弱をつけながら、成海は先端から根元までを刺激した。悦びが高まり、分身が脈打つ。立っているのが困難なほどに、膝がカクカクと震えた。

(成海さん、なんだってこんなことを——)

さっきから満也は、彼女に振り回されっぱなしだった。優香がいなくなり、今度は自分が主導権を握ろうとしているのであろうか。

「……悪かったわ」

いきなり謝られたのにも面喰らうばかり。

「え、何が？」

「勝てるわけもないのに、ムキになってあんたに勝負を挑んだりしてさ」

「いや……だけど、勝負はやってみなくちゃわからなかったわけだし」

「嘘ばっかり。あたしに負けるわけないって思ってたくせに」

「う……」

「ホントのことを言えば、最近、勤め先の診療所に若い子が入ってきて、お客がみんなその子を指名するようになったものだから、ちょっと荒れてたのよ」

「若い子って、女の子？」

「そうよ。腕もないくせにチヤホヤされて、ホント頭にくるわ。だったらあっちをすっぱり辞めて、ここを継いでやろうって考えたの」

打ち明けてから、成海がふうとため息をついた。

「でも、そんな邪な考えが通用するわけないわよね。結果は最初からわかってたようなものなんだし。なんてったって、あんたは先代の光吉先生が認めた跡継ぎなんだもの。一番弟子のあたしよりも優れてるって」

自虐的にほほ笑む彼女に、満也はかけてあげるべき言葉が見つからなかった。口を

つぐんだまま、愛撫の快さにひたっていると、

「ねえ、あのときの約束、憶えてる？」

唐突に質問され、きょとんとなる。

「え、約束？」

「あんたが勝ったら、あたしを好きにできるって話だったじゃない」

思い出して胸が高鳴る。つまり、改めて初体験をさせてもらえるということだ。

「……いや、それはもういいよ」

「え、どうして？」

「だって、さっきあんなことまでしたんだし、もう充分かなって」

これ以上成海に何かさせるのは、残酷な気がしたのだ。

「だけど、あたしは納得してないんだけど」

「え？」

「いいわ。あんたが権利を放棄するのなら、あたしがもらってあげる。つまり、あたしがあんたを好きにできるってことね」

「ちょ、ちょっと、成海さん――」

「あんたの童貞を奪わせてもらうわ」

「ええッ⁉」

満也が驚くと、成海は気まずそうに視線をはずした。

「べ、べつにあんたとそういうことがしたいってわけじゃないんだからね。ゆっちが言ってたみたいに、あんたが童貞をこじらせて患者さんにセクハラばかりしたら、あたしも困るのよ。あんたをしっかり監督するように言われてるんだから。あくまでも仕方なくよ」

弁解じみたことを述べた彼女が、照れ隠しのようにペニスを乱暴にしごく。満也は腰を引いて「あうう」と呻いた。

「そ、そんなにしたら出ちゃうよ」

「あ、ごめん」

焦って手をはずした成海が、真っ直ぐに見つめてくる。

「いいわね？　あたしが童貞をもらっても」

満也は気圧されるようにコクリとうなずいた。

7

ふたりは素っ裸のまま院長室、今は成海が書斎として使っている部屋に移動した。そこのソファーでしようと成海が提案したのだ。

「診察室のベッドじゃ気分が出ないし、せっかくの初体験なんだから、少しでもロマンチックなほうがいいでしょ」

などと言いながら、いざ部屋に入ると成海は怖じ気づいたみたいに固まった。いよいよセックスをするのだと思っただけで、足がすくんだらしい。

(って、べつに初めてってわけじゃないんだろうし)

もう二十代の後半といい年なのだ。バージンなんてことはあるまい。これまでの居丈高な言動からして、相応の経験を積んでいるのは明らかである。現在は恋人こそいないようだが、義理の弟である男の娘――ヒロミとよろしくやっているに違いない。

そうすると、やっぱり童貞の自分なんかとするのはイヤなのだろうか。満也が落ち込みかけたところで、彼女が決意を固める。

「そこに坐って」

促されてソファーに腰をおろせば、その隣に成海もヒップを沈めた。

「じゃ、するわよ」

「う、うん」

　ここに来て満也も緊張してしまい、返事の声が震える。いつの間にかペニスも小さくなっていた。

（さっきまでギンギンだったのに……）

　もしかしたら、成海以上に自分が臆しているのだろうか。あれほど夢見た初体験が目の前だというのに。

　牡のシンボルがすっかり力を失っていることに、彼女も気がついた。それでも、縮こまって包皮を戻したものをそっと摘む。

「ううう……」

　快さが広がり、背すじがわななく。ジュニアは起きあがる気配こそ示したものの、勃起には至らない。ぐんにゃりと軟らかなままだった。

「何よ、元気ないじゃない」

　成海に睨まれて、満也は立場なく首を縮めた。いつもなら不満をあらわにした彼女に罵られるか蹴飛ばされる場面であるが、

「じっとしてて」

　告げるなり、成海が股間に顔を伏せる。まさかと思う間もなく、亀頭が温かく濡れたものに包まれた。

チュッ——。

軽く吸われただけで、目もくらむ快美が体幹を貫く。

「うああ」

満也はたまらず声をあげ、腰をガクガクと震わせてしまった。

(成海さんがおれのを——)

彼女にフェラチオをされるのは初めてではない。だが、ふたりっきりで、しかもいよいよセックスをするのである。抑えきれない昂ぶりが呼吸を荒々しくさせる。

舌が敏感なくびれを狙って動く。快感がふくれあがり、海綿体にも血流が流れ込んだ。

だが、完全には勃起しない。七分勃ち程度から変化せず、それ以上の膨張をペニスが拒んでいるかのようであった。

(くそ、もうちょっとなのに)

焦れているのは成海も同じらしく、舌の動きが派手になる。強く吸って牡を奮い立たせようとした。

しかし、一向に硬くなる様子がない。このままでは初体験は無理かもしれないと不安が募ることで、また萎えそうになった。

成海が半勃ちのイチモツから口をはずす。こちらを見あげ、どこか憐れむような眼差しで見つめてきた。

(情けないな、おれ……)

やはり自分は一生童貞のままかもしれない。涙がこぼれそうになったとき、彼女の不満げな声が聞こえた。

「何よ、自分ばっかり」

「え？」

「あたしのことも気持ちよくしなさいよ。ほら、ここに寝て」

満也はソファーに仰向けになった。その上に、成海が逆向きでかぶさってくる。シックスナインをするつもりなのだとわかった。

(うわあ……)

まん丸の巨大なヒップが、顔の前に迫ってくる。それも、咲きほころんだ女芯をあらわに見せつけて。

(成海さんのオマンコだ！)

さっきシャワーを浴びて洗ったはずなのに、葉っぱのかたちに開いた花びらは、狭間に透明な蜜をたっぷりと溜めていた。そこからヨーグルトに似たなまめかしい酸味臭が、むわむわと漂ってくる。

（ああ、こんなに濡れてるよ）

明らかな発情の証しに胸が躍る。フェラチオをしながら昂ぶったのか。それとも、早く挿れてほしいと肉体が疼《うず》いているのだろうか。

ともあれ、彼女もその気になっているのだとわかり、欲望がマックスまでふくれあがる。股間の分身がぐんぐんと伸びあがるのがわかった。

そこに成海が再び唇をつける。舌が敏感な粘膜をねろねろと舐め回し、温かな中に呑み込まれてゆく。

「くほぉおおおっ！」

満也は勃起した。かつてないほどにペニスを硬くして、雄々しく脈打たせた。

なかなか勃たなかったのは、やはり不安だったからだ。成海はただの義務感からセックスをしようとしているだけで、本当はしたくないのではないかと。

けれど、濡れていやらしい匂いを放つ性器を見せられたことで、不安が払拭《ふっしょく》された。もしかしたら彼女は、自分も強く求めていることを伝えるべく、こんな体位をとったのかもしれない。恥ずかしいのを我慢して。

（ありがとう、成海さん……）

胸の内で礼を述べ、満也はたわわなヒップを引き寄せた。

「むうう」

もっちりすべすべの尻肉が、顔に重みをかける。それだけでもうっとりするには充分すぎるほどなのに、濃厚な女くささも鼻腔を満たしていたのだ。

（ああ、すごい）

満也は無我夢中で濡れた秘苑を吸いねぶった。ピチャピチャと舌を派手に躍らせて。

「ん――ううっ」

成海が腰をくねらせ、咎めるように肉根を吸いたてる。けれど、そんなことでクンニリングスの勢いは止まらない。溢れる蜜をすすりながら、舌を膣に出し挿れする。

さらに、尻の谷の底にひそむ、可憐なツボミもペロペロと舐めた。

「ぷはッ――あ、そこはダメぇ」

成海が焦り、尻割れをキツく閉じて逃れようとする。やはりアヌスが弱点のようだ。

満也はかまわず、尖らせた舌を秘肛にも突き立てた。柔らかくほぐれたそこは、あっ気なく開いて先端を受け入れる。

「くうう、ば、バカぁ」

ハッハッと息を荒ぶらせる成海は、今にも達しそうに尻や太腿をワナワナと震わせる。しかし、こんなことをしている場合じゃないということは、ふたりともわかっていた。

「もう……早く挿れさせてよ。またフニャチンになっても知らないからね」

なじられて、満也は熟れたヒップを解放した。成海はのろのろと身を剥がし、今度は向き合って彼の腰を跨ぐ。

「す、するわよ」

屹立を逆手に握り、自らの中心に先端をあてがう。あとは女体を沈めるだけで、結合が果たせるはずだった。

ところが、成海はなかなか動こうとしない。迷うように目を泳がせ、下唇を噛む。

「どうしたの、成海さん？」

やっぱりしたくないのかと、満也は心配になった。すると、彼女が涙目で睨んでくる。

「そんなに急かさないでよ。ひ、久しぶりなんだから」

「え、ヒロミちゃんとしてるんじゃないの？」

「あの子とは、おしりしか使ってないもの」

答えてから、しまったというふうに顔をしかめる。思ったとおりだ。それでアヌスがあんなに敏感だったのだと、満也は納得した。

(可愛いな、成海さん)

どのぐらいしていないのかはわからないが、久しぶりに迎える牡器官に、処女みたいに怯えている。普段の威張りくさった態度が嘘のようで、愛しさがこみあげた。

だが、いつまでも待っていられない。満也はむっちりした太腿を両手で掴むと、強く押し下げた。

「ちょ、ちょっと、バカ――」

成海が焦った声をあげたときには、すでに遅かった。バランスを崩した裸身が、そそり立つ勃起の真上に坐り込む。

「あ、あ、あああああーッ！」

ペニスが熱い蜜壺をずむずむと犯し、甲高い嬌声がほとばしった。もっちりした尻肉が股間に重みをかけてきたところで、内部がキュウッとすぼまる。

「うああ」

満也ものけ反って喘いだ。熱くヌメった内部が得も言われぬ悦びをもたらし、腰の裏が甘く痺《しび》れる。

（……おれ、セックスしてるんだ！）

初めての体験に、胸がどうしようもなく震える。身も心も歓喜に蕩けるようで、訳もなく叫びたい衝動にかられた。

（これでもう童貞じゃないんだ。男になれたんだぞ！）

感慨が快感も高めてくれるよう。腰をブルッと震わせたところで、成海が苦しげに喘いでいることに気がついた。

「あ、だいじょうぶ？」

声をかけると、彼女は肩を大きく上下させながら顔をしかめた。

「ったく、急かさないでって言ったのに」

「ごめん……だけど、早く成海さんと結ばれたかったんだ」

「それはわかるけど」

成海が腰をくねらせる。膣内で脈打つものを感じたか、「あん」と悩ましげな声を洩らした。さらに、媚肉でキュッキュッとペニスを締めつける。

「すごく硬い……」

つぶやいて、潤んだ瞳で見つめてきた。

「ね、気持ちいい？」

「うん、すごく」

「よかった……これで満也は、男になったんだからね」

半泣きの笑顔で告げられ、満也も泣きそうになった。いつも『あんた』呼ばわりで、彼女に名前を呼ばれたのは、これが初めてではないだろうか。

（ああ、成海さん……大好きだよ――）

疎《うと》ましく感じていたけれど、いつもそばにいてくれたのは彼女だったのだとようやく気がつく。そして、これからもそれは変わらないのだと、強く信じられた。

そのとき、ふと真顔になった成海が顔を寄せてきたものだから、ドキッとする。

（え？）

アップになった目が瞼を閉じ、唇に柔らかなものが密着する。かぐわしい吐息を感じ、ようやく何をしているのか理解した。

（おれ、成海さんとキスしてる！）

診察とは名ばかりのセクハラで、多くの女性たちといやらしいことをしてきた。しかし、キスもこれが初めてではないだろうか。

舌がぬるりと入り込み、温かな唾液を与えてくれる。いつしか満也は夢中になって、彼女の唇を貪った。

その間にも、蜜壺に締めつけられるジュニアは性感曲線を上昇させていた。

「む、むふ……んんん、ふはッ！」

いよいよ終末が近づいていることに気づき、満也はくちづけをほどいた。

「あ、成海さん、いきそう」

声を震わせて訴えると、嬉しい返事が告げられる。

「だったら、このまま出しなさい」

成海は上半身を起こすと、腰を大きく回してくれた。結合部がクチュクチュと卑猥な音をこぼし、交わっている実感を高めてくれる。

「あああ、成海さん、すごく気持ちいい」

大袈裟でなく、ペニスが溶けるようだ。

「ほら、もっとよくなって」

蜜まみれの柔ヒダがまつわりつき、膣全体がキュッキュッとすぼまる。さらに成海がヒップを上下に振り立てることで、快感が爆発的なものになった。

「あ、ああッ、ホントにいくよ」

「いいわよ。いっぱい出して」

「あ、いく――ううう、出るぅ」

満也は腰をガクガクと上下させ、めくるめく愉悦に意識を飛ばした。尿道を熱いエキスがいく度も駆け抜け、愛しい女性の膣奥にだくだくと注ぎ込まれる。

（最高だ――）

かつてない絶頂感に全身を震わせ、満也は心地よい気怠さにまみれた。

オルガスムスの余韻にひたりつつ、満也は成海と抱き合ってくちづけを交わした。ペニスは軟らかくなっていたものの、未だ抜け落ちずに快い締めつけを浴びている。

（ああ、おれは何て幸せ者なんだ……）

こんな素敵な女性と初体験ができるなんて、童貞でいた甲斐があったというもの。

（よし、これからは真面目に仕事をしよう。勉強もちゃんとやって大学を卒業して、成海さんに少しでも恩返しをするんだ）

汗ばんだ背中を撫でながら決意する。ところが、大変なことに気がついて愕然となった。

「あ、あれ？」

つい声まであげてしまったのは、いつものクセで何気に彼女の「流れ」を探ったところ、何も感じなかったからだ。

「どうしたの？」

成海がきょとんとした顔をして、満也は「いや、あの」とうろたえた。そのとき、彼女の手が脇腹のあたりをすっと撫でる。

「うほほほほぉーッ！」

奇声を発してからだを波打たせたのは、とてつもなく感じてしまったからだ。そして、成海が表情を輝かせる。

「あ、すごい。あたし、満也の感じるところが全部わかるわ。それに、どこが悪いのかも」

さらにあちこちをまさぐられ、悶絶しそうになる。指が快脈を的確に捉えていたのだ。

「や、やめ――」

一矢報いようと彼女に触れても、「流れ」も快脈もさっぱりわからない。

（ど、どういうことなんだ⁉）

もしかしたら、あの能力は童貞だからこそ持ち得たものなのか。それが童貞を捧げたことにより、成海に移ってしまったとでもいうのだろうか。

「そうか……これが光吉先生のおっしゃってた『流れ』ってやつなのね」

不敵な笑みをこぼされ、満也は目の前が真っ暗になった。これで立場が完全に逆転してしまった。

「この力さえあれば、あたしがこの診療所を継いでも文句ないわよね。ああ、心配しなくても、満也もちゃんと雇ってあげるわよ。アシスタントとしてね」

どうやらこちらが力を無くしたことも見抜かれているらしい。満也は悔し涙をこぼした。

「その前に、あたしも気持ちよくしてもらわなくっちゃ。満也はたっぷり出したみたいだけど、あたしはまだイッてないんだからね」

彼女の指が尻のあたりをまさぐる。それにより、萎えていたペニスがたちまち復活した。

（嘘だろ、こんな――）

もしかしたら、射精してもまた勃たされて、睾丸が空になるまで奉仕させられるのだろうか。

「じゃ、たっぷり愉しませてもらうわよ」

成海が喜悦の表情で腰を振りだす。満也は快さに漂いながらも、

（ああ、これからどうなるんだよ）

と、不安の面持ちで彼女を見あげた。


〈了〉

※この作品は、「週プレ モバイル」（集英社）で２０１０年から２０１２年にかけて81回にわたり連載された『揉んでも抱けない』を再構成したものです。

紅文庫

揉《も》んでも 抱《だ》けない

橘《たちばな》 真児《しんじ》

2019年11月28日　第1刷発行

企画／松村由貴（大航海）
DTP／内田美由紀

編集人／田村耕士
発行人／日下部一成
発行所／ロングランドジェイ有限会社
発売元／株式会社ジーウォーク
〒153-0051 東京都目黒区上目黒1-16-8 Yファームビル6F
電話 03-6452-3118
FAX 03-6452-3110

印刷製本／中央精版印刷株式会社

ISBN978-4-86297-947-6

紅文庫創刊!!
も、もうダメよ、そんなところ……
優男の大学生がタフな男に変身すると、美人講師、女子大生、その熟母と!?
キャンパスの淫望
睦月影郎
卯年の元旦生まれ、大学生の兎彦の心の中には
もう一人の自分、虎彦が棲んでいた。
妄想の兄から勇気と淫気を授かると、次々に憧れの女達が――
年上の美人講師で童貞を卒業、同級生、その美熟母、能力を探る人妻女医、
さらには複数女子大生――次々と欲望が現実に。
蜜にまみれたキャンパスで、媚肉が誘うフェティッシュ快作！
定価／本体720円＋税